contents

"죠로,
너는 꽤나 못된 짓을
하는 모양이네."

"좋았어!
매치포인트야,
아스나로!"

"네!
맡겨 주세요!"

히마와리 / 히나타 아오이
내 소꿉친구로, 운동 신경만큼은
뛰어난 무자각 bitch.

아스나로 / 하네타치 히나
신문부의 민완 편집부원. 허둥대면
사투리가 튀어나온다.

나를 좋아하는 건 너뿐이냐

You're the only one
who likes me

15

라쿠다 지음
브리키 일러스트

eXtreme novel

우리는 친구

프롤로그

"이거면, 괜찮…겠지?"

중학교 1학년 때의 여름 방학.

내 방의 거울로, 평소와 달리 조금 특별한 자신의 모습을 확인한 뒤, 나는 집을 출발했다.

머리를 갈라땋고 도수 없는 안경을 꼈다.

이걸로 내 세계가 바뀔까? …모르겠다. 하지만 시험해 볼 수밖에 없다.

"……."

집을 나서서 고작 세 걸음 만에 발이 멈췄다.

혹시 이걸로도 안 된다면? 그런 공포에 사로잡혔기 때문이다.

역시 이런 모습은 그만두고 평소 모습으로….

'어머? 시도도 하지 않고 그만두다니, 당신은 정말로 겁쟁이네. 그럼 평생 남의 시선을 두려워하면서 헛되이 계속 살면 되는 거 아냐?'

문득 최근 알게 된 여자애의 말이 머리에 떠올랐다. 그녀에게서 실제로 이런 말을 들은 건 아니지만, 지금의 나를 보면 그녀는 틀림없이 이렇게 말하겠지.

…그건 아주 열 받는다.

"이 정도야 간단해."

가슴 앞에서 살짝 주먹을 쥐고 나는 다시 발을 옮겼다.

이 이상 얕보일 수는 없어.

…………．

……．

역에 도착. 우리 중학생에게는 방학이지만, 세상에서는 평일. 오후 1시의 역에는 거의 사람이 없었다.

…기다린 지 3분, 전철이 플랫폼에 들어왔다.

지금까지는 문제없네.

이거 진짜로 괜찮은 걸지도 모르겠어…. 아니, 방심하면 안 돼.

가슴 안에 솟구치는, 약간의 고양감과 강한 긴장감을 움켜쥐면서 나는 승차했다.

전철을 타는 동시에 주위를 확인. 평소라면 어디에 자리가 비어 있든지 문 근처에 서서 바깥쪽으로 얼굴을 향했다. 필요 이상으로 누군가에게 얼굴을 보이지 않도록.

하지만 오늘은 다르다. 내 안에 남아 있는 용기를 최대한 모아서, 나는 정말로 오랜만에 자리에 앉고서 가방에서 책을 꺼내 읽기 시작했다.

"……."

안 되겠어. 내용이 전혀 머리에 들어오지 않아.

아무래도 주위의 말에 귀를 기울이게 되었다.

"저기, 저 사람….."

"……!"

마침 정면에 앉아 있는… 아마도 고등학생인 듯한 2인조 남성의 말에 몸을 떨었다.

괜찮겠지? 정말로 괜찮겠지?

"문 쪽에 서 있는 누나, 미인 아냐? 어른의 매력이 있다고 할까…."

"아하~ 분명히. …아니, 그렇게 빤히 쳐다보지 마. 싫어한다고."

"으, 음. 그렇지…."

무심코 책을 든 손에 힘이 들어갔다.

대단해! 정말로 문제없어!

평소와 같은 전철을 탔는데, 평소와 전혀 달라….

아무도 나를 보지 않아.

그들에게 나는 전철에 있는 엑스트라다.

그 사실이 내 안에서 긴장감을 없앴고, 오랜만에… 정말로 오랜만에 차분한 마음으로 책에 집중할 수 있었다.

❋

오후 1시 50분.

전철에서 내린 나는 조금 빠른 발걸음으로 구립 도서관으로 향했다.

이런. 책에 너무 집중하다가 내릴 역을 지나치다니.

서둘러야지….

"약속 시간은 1시 30분이었을 텐데?"

도서관 입구에 도착하자, 그녀는 차가운 말을 내게 날렸다.

한쪽으로 땋은 머리에 둥근 안경. 나와 비슷한 모습의 그 사람은 담담한 표정이라 무슨 생각을 하는 건지 모르겠지만, 적어도 지금 무슨 감정을 품고 있는지는 잘 알겠다.

지각한 내게 화내고 있다.

"때로는 실패를 받아들여 주는 것이 우정의 첫걸음이라고 생각해."

왠지 솔직히 사죄하기도 분했던 나는 최대한 저항했다.

"지금까지 제대로 친구가 없었던 사람이 무슨 소리일까?"

"그건 피차 마찬가지잖아?"

"그렇게 덫에 걸린 시궁쥐처럼 꼴사납게 발버둥 치는 것과 얌전히 사죄하는 것, 어느 쪽이 우정의 다음 걸음으로 나아갈 수 있다고 생각해?"

인정사정없는 말.

그녀와 나는 말투도 매우 비슷하지만, 그녀는 독기 어린 말을 할 때가 있다.

"…미안해. 오랜만에 전철에서 책을 읽을 수 있다는 게 기뻐서, 내릴 역을 지나쳤어."

이 이상 발버둥 쳐도 헛수고라고 깨달은 나는 머리를 숙였다.

"하아…. 알았어, 용서해 줄게."

한심하다는 듯이 내쉬는 한숨과 함께 용서의 말.

그리고 마음을 정리한 듯이, 어딘가 차분한 미소를 띠더니,

"그 모습, 잘 어울려. …팬지."

나에게 '팬지'라는 애칭을 빌려준 그녀가 그렇게 말했다.

"고마워. …비올라."

그녀는 코사이지 스미레. '스미레'라는 이름에서 따온 '비올라'라는 애칭으로 불리는 나의 친구.

지금은 한쪽으로 땋은 머리에 안경을 낀 모습이지만, 사실은 아주 예쁜 여자.

처음 그녀의 진짜 모습을 보았을 때에는 놀랐다.

하지만 그 이상으로 놀란 것은 만나자마자 그녀가 내 고민을 맞춘 사실.

비올라 자신도 과거에 같은 고민을 가졌기에 바로 알아차렸다는 모양이지만, 설마 그 해결 방법까지 가르쳐 줄 줄은 몰랐어.

지금의 땋은 머리 & 안경이라는 모습은 비올라를 흉내 낸 것. 키가 비슷하기 때문이기도 하지만 이렇게 둘이서 닮은 모습을 하니 마치 쌍둥이 같은 감각이다.

"지금의 내 모습을 칭찬해 준 건 비올라뿐이었어."

"나뿐…이라기보다는, 나 이외에는 그 모습을 보여 주지 않았잖아?"

"무슨 소리. 다른 사람에게도 보여 줬어. 내가 우호적인 관계

를 맺은 게 꼭 비올라밖에 없는 건 아냐."

방금 전의 말싸움의 설욕을 하고 싶어진 나는 조금 더 저항했다.

"그럼 나와 가족을 빼면 어때?"

"물론 있어. …장래에."

또 졌다. 비올라에게 말싸움으로 이기기란 어렵다.

어떤 일이 얽히면 다소 우위에 설 수 있지만, 평소에는 완전패배.

"후훗. 그런 장래가 오면 좋겠네. …서로에게."

"응, 그래."

서로 얼굴을 맞대고 웃었다.

우리는 친구가 적다. 서로 솔직한 마음으로 이야기 나눌 친구는 한 명뿐.

하지만 언젠가 친구를 많이 만들고 싶다. …그게 우리의 목표 중 하나다.

"비올라, 오늘 예정은 어떻게 되어 있어?"

여름 방학에 이 도서관에서 비올라와 만난 이후로, 우리는 거의 매일 함께 보냈다.

둘이서 외출할 때도 있고, 그저 도서관에서 책을 읽기만 할 때도 있다.

하지만 오늘은….

"나와 죠로의 러브러브 콩닥콩닥 계획을 세우자."

그녀의 연애 문제를 들어 주는 날인 모양이네.

러브러브 콩닥콩닥 계획… 네이밍 센스가 글렀어.

"자기 입으로 말하고 창피해지지 않아?"

이름도 그렇지만, 비올라는 나와 성격이나 말투까지 많이 비슷하다. 그러니까 그녀가 하는 말이 마치 내 말처럼 느껴져서 창피해질 때가 종종 있다.

"후후후. 이 정도의 말을 부끄럽게 느끼다니, 팬지는 아직 애네."

동갑인 당신에게 그런 소리 듣고 싶지 않아. 마음속으로 그렇게 대답했다.

"도서관이면 이야기를 할 수 없으니… 내가 죠로와 갈 예정인 카페로 가자. 거기라면 오래 있어도 뭐라고 안 할 거고, 대화를 나누기엔 최적의 장소야."

"그 예정은 언제 실현되려나?"

"……!"

비올라의 몸이 흔들렸다. 나에게는 거만하게 구는 비올라지만, 그녀가 좋아하는 상대인 키사라기 아마츠유… '죠로'라고 부르는 사람이 상대가 되면 정반대.

소극적이고 겁 많은, 한심한 모습을 계속해서 보였다.

사랑을 하는 비올라와 사랑을 하지 않는 나. 그 차이일까?

18

"내, 내 완벽한 계획으로는… 이제부터… 2학기에는 갈 수 있을 거야!"

소심한 마음과 정반대로 강한 말. 나는 사랑을 해도 이런 추태를 보이지 않도록 하자.

키사라기에게 연심을 품은 비올라지만, 마음과 반비례하듯이 행동력은 없다.

그 증거로 나와는 매일 만나자고 하면서, 키사라기와는 여름방학 초입에 있었던 야구 지역 대회가 끝난 이후로 한 번도 만나지 않았다는 모양이다.

이런 걸 보면 그녀가 죠로와 단둘이서 카페에 가는 건….

"아직 먼 훗날이겠네."

"시끄러! 그렇게 되지 않도록 계획을 세우는 거야!"

"훗…. 알았어."

서둘러 발길을 옮기는 비올라에게 쓴웃음을 보내면서 나는 그녀를 따라갔다.

✼

"일단은 죠로에게 흥미를 품게 하는 게 중요하다고 생각해."

카페에 도착하자마자 하는 말이 이것. 비올라가 그렇게 말했다.

"구체적으로 어떤 방법으로 실현하려는 거야?"

"하아…. 정말로 우둔한 사람이네. 그 방법을 알았으면 이런 장소에 당신과 오지도 않았잖아."

왜 그녀는 이렇게 자신만만하게 자기의 한심한 점을 주장할 수 있을까?

"즉 그 방법을 같이 생각해 달라는 거라고 보면 될까?"

"그렇게 생각해 준다면 기쁘겠어."

전부터 생각했지만, 비올라의 성격은 꽤나 망가진 것 같다. 자기가 의논을 청했을 텐데, 항상 거만한 태도라서 전혀 도움을 청하는 것으로 보이지 않아.

"어쩔 수 없네…."

하지만 그런 비올라를 나는 좋아했다. 사실은 내면에 약한 마음을 품고 있으면서도 상대에게 거침없이 하고 싶은 말을 하는 강한 자세. 그것은 내게 없는 것이니까.

"일단은 죠…."

"그렇게 불러도 되는 건 그의 친구뿐이야."

독점욕이 강하네. 키사라기에 대한 이야기 좀 듣는다고 내가 특별한 감정을 품는 일은 없을 텐데, 왜 그렇게 경계하는 걸까.

"일단 키사라기가 어떤 사람을 좋아하는지 분석할 필요가 있지 않을까?"

"어려운 질문이네…."

"무슨 말이야?"

"그는 외모만 좋으면 내면은 신경 쓰지 않고 어떤 사람이든 환영하니까."

"…어떤 사람을 좋아하는지 이전에 키사라기가 어떤 사람인지 좀 들을 수 있을까?"

지금까지 비올라에게서 '죠로를 좋아한다'는 말은 몇 번이나 들었지만, 키사라기 자신이 어떤 사람인지 들은 적은 없었다. 그 이유는….

"좋아하지 않을 거지?"

비올라가 말을 꺼리기 때문이다.

이것 또한 비올라의 강한 독점욕 때문이다.

"거기서 주저하면, 아무리 시간이 지나도 이야기가 진행되지 않을 것 같은데?"

"…알았어. 특별히, 정말 특별히 말해 줄게."

퉁명스러운 표정.

역시 내가 비올라에게 말싸움에서 이길 수 있는 건 키사라기 관련일 때뿐이네.

"그래. 특별히 들어 줄게."

살짝 몸을 내밀고 비올라의 말을 기다렸다. 이렇게 배배 꼬인 인간이 연심을 품을 정도니까, 정말로 제대로 된 사람이라고 생각했는데….

"평소에는 자기중심적이고 일그러진 본성을 숨기고, 누구에게든 싫은 얼굴을 하지 않는, 무해한 남자를 연기하고 있어. 하지만 성욕을 억누르기 어려운 모양이며 본능에 충실. 여학생의 스커트가 흔들릴 때면 재빨리 시선을 이동시켜서 잡아먹을 듯이 쳐다봐. …아무튼 자기에게 호의를 품는 미소녀라면 누구든 좋다고 생각하면서, 복수의 여성에게 손을 뻗고 싶다고 생각하는 모양이라 좀처럼 한 명으로 좁히려 하지 않는다. …이런 느낌일까?"

"미쳤네."

키사라기도, 그런 사람을 좋아하는 비올라도.

"안심해. 아주 멋진 사람이야."

"가능하면 안심할 수 있는 정보를 제공해서 그렇게 느끼게 해줬으면 해."

"싫어. 죠로의 좋은 점을 말하면 팬지도 좋아하게 될지 모르잖아."

"그것만큼은 있을 수 없다고 단언할 수 있어."

왜 내가 그런 사회의 쓰레기 같은 사람을 좋아하게 될 거라 생각할 수 있지?

지금 이야기를 듣고 내가 생각한 것은 '다른 사람을 찾는 편이 좋겠다'라는 마음뿐.

사랑을 할 요소라곤 털끝만치도 보이지 않았다.

"뭘 모르네, 팬지."

꽤나 예리한 눈동자로 비올라가 나를 보았다.

"나도 처음에는 그렇게 생각했어. 하지만 결과적으로 나는 죠로를 좋아하고 좋아하고 정말 좋아해. 그러니까 당신의 단언은 아직 신용할 수 없어."

"…그래. 그럼 내가 그에게 연심을 품기 전에 얼른 그와 연인 관계가 되어 줘."

"물론이야. 그러니까 오늘은 그걸 위한 방법을 생각하는 거야! 목표는 2학기 중에 죠로와 둘이서 외출하는 것! 이 카페는 물론이고 같이 도서실에서 책을 읽거나, 조금 무리해서 오락실에 가서 사진을 찍기도 하고 이것저것 다 하는 거야!"

두 주먹을 움켜쥐는 비올라를 보며 나는 한숨을 흘렸다.

그 많은 일 중에서 하나 정도나 실현할 수 있으면 좋겠네.

"그리고 이상적으로는 연인이 되어서 크리스마스이브에 데이트야!"

왠지 모르게 올해 크리스마스이브에 결국 키사라기와 거리를 좁히지 못해 뚱하니 내게 푸념을 늘어놓는 비올라의 모습이 상상되었다.

"후후후…. 크리스마스이브에 죠로와 단둘…. 부끄럼 많은 죠로는 왠지 내키지 않는 태도를 보이고, …그런 그의 팔을 나는 짓궂은 얼굴로 잡아당기는 거야."

내버려 두면 한없이 망상만 커질 것 같네….

처음으로 생긴 소중한 친구가 왜 이렇게 말도 안 되는 사람을 좋아하게 된 걸까?

게다가 나까지 그 사람을 좋아하게 될지 모른다고?

비올라는 부정했지만, 몇 번이든 말해 줄게.

나는 키사라기를 좋아하게 되지 않는다.

혹시 그렇게 되면… 비올라와 친구로 있을 수 없게 될지도 모르잖아.

나는 찾을 수 없다

제 1 장

[음성 사서함으로 연결합니다. 삐 소리가 난 뒤에 메시지를 남겨 주세요.]

"제길! 받으라고!"

고등학교 2학년 겨울. 특별한 날이 될 터였던 크리스마스이브.

스마트폰에서 들려오는 무기질적인 음성에 나―죠로=키사라기 아마츠유는 이를 악물었다.

어떻게 된 거지? 정말로 뭐가 어떻게 된 거야?!

나는 오늘 니시키즈타 고등학교 도서위원, 평소에는 양갈래로 땋은 머리에 안경을 꼈지만, 사실은 엄청난 미인인 산쇼쿠인 스미레코―통칭 '팬지'라고 불리는 아이와 둘이서 만날 약속을 했다.

2학기 종업식. 소중한 세 개의 인연을 파괴하고 단 하나의… 팬지와의 인연을 지켰다.

그리고 우리는 연인이 되었다…라고 생각했는데, 크리스마스이브에 약속 장소에 나가 보니 거기에 나타난 것은….

"이제 만족했어? 그럼 얼른 가자. 모처럼 나와 죠로의 첫 러브 러브 콩닥콩닥 데이트니까. 시간을 낭비하고 싶지 않아."

내 중학교 시절의 동급생, 코사이지 스미레… 통칭 '비올라'라고 불리던 여자였다.

중학교 때는 항상 한쪽으로 땋은 머리에 둥근 안경이라는, 어디서 들은 적 있는 듯한 수수한 무장을 했던 비올라였지만, 어머나, 놀라워라.

엄청난 미녀가 나타난 것이다.

강한 기시감. 순간 지금까지 내가 니시키즈타 고등학교 도서실에서 함께 시간을 보낸 것은 팬지가 아니라 비올라였던 건가 하는 의문까지 들었다. 물론 실제로는 그럴 리가 없고, 2학년이 된 뒤로 8개월 동안 내가 인연을 쌓아 온 것은 틀림없이 산쇼쿠인 스미레코지만.

"아니, 그러니까, 비올…."

"팬지야. 한 걸음도 떼기 전에 잊어버리다니, 당신의 기억력은 닭대가리보다 못하네."

킥킥 웃으면서 사정없는 독설. 또다시 강한 기시감.

이상하네…. 중학생 때의 비올라는 이런 녀석이 아니었다.

확실한 자기 생각이 있어서 어떤 일에도 남의 힘을 빌리지 않고 스스로 처리하려는 강한 녀석이었지만, 조심스러운 성격.

항상 뭔가를 두려워하는 듯이 소극적인 태도가 눈에 띄는 여자였지, 결코 지금처럼….

"자, 시작하자. 우리의 으쌰으쌰 러브러브한 한때를."

팬지 같은 성격이 아니었어….

"그래서 죠로. 당신의 플랜 말인데, 오늘은 이다음에 어디에 갈 예정이야?"

"솔직하게 말하자면 너랑 갈 장소는 어디에도 없어."

기시감에 빨려 들려는 것을 간신히 버티며 한마디.

꽤 심한 소리를 한다는 자각은 있지만, 그래도 사실을 전한다.

나와 약속한 것은 산쇼쿠인 스미레코지, 코사이지 스미레가 아니니까.

"그건 즉, 나에게 맡긴 러브러브 콩닥콩닥 코스라는 소리네?"

"아니라고! 그런 의미로 한 말이 아니니까!"

"부끄러워하긴. 항상 그렇다니까…."

무서울 정도의 포지티브 싱킹. 이것 또한 어디서 경험한 바 있다.

"정말로 뭐가 어떻게 된 거야?"

"죠로는 팬지의 연인이 되었어. 그러니까 이렇게 내가 여기에 온 거야."

자신만만한 미소를 지으며 왼손을 자기 가슴에 대는 그녀.

"아니, 너는…."

"팬지야. 중학교 때 당신이 내게 이름을 붙여 주었잖아."

"…내가?"

"그래."

요염한 매력을 띤 눈동자가 나를 부드럽게 붙잡았다.

"그러고 보니…."

…그래, 나다. 내가 코사이지 스미레에게 '팬지'라는 별명을 붙여 주었다.

돌이켜본 중학교 때. 아직 비올라가 그저 코사이지 스미레고, 내가 본성을 숨기며 둔감순정BOY를 연기하던 무렵. 어느 날 나는 코사이지 스미레가 프린트물 옮기는 것을 도왔다.

딱히 코사이지 스미레를 특별시한 것은 아니다.

당시의 나는 주위로부터 점수를 따기 위해 귀찮은 일을 솔선해서 도왔다.

그리고 그날은 우연히 코사이지 스미레를 도왔을 뿐.

그때 프린트물을 옮기는 도중에, 나는 코사이지 스미레에게서 '별명을 붙여 줘'라는 부탁을 받았다.

그러니까 이름인 '스미레'에서 따서 '팬지'나 '비올라' 중 하나로 하는 게 어떻겠냐고 확인했더니, 코사이지 스미레가 고른 것은….

"'양쪽 다 받을게'…였지."

"떠올려 줘서 기뻐. …후훗."

웃음소리와 함께 새어 나오는 하얀 숨결.

온몸에서 수상쩍음밖에 나오지 않는 것으로 보이지만, 정말로 기뻐하는 걸 테지.

기분 좋은 듯이 내 팔에 자기 팔을 얽어 왔다.

"사실은 계속 이러고 싶었어. 나는 죠로를 좋아했으니까."

"……."

비올라의 마음이 거짓이 아니라는 것은 잘 알고 있다.

과거에 내게 씁쓸한 추억을 새겼던 1학기 초입의 사건.

중학교 때부터 절친이라고 믿어 왔던 썬과 나는 충돌했다.

그 원인은 비올라. …아니, 딱히 이 녀석이 잘못한 건 아니다.

비올라는 썬에게 나를 좋아한다고 의논했을 뿐이니까.

하지만 썬은 계속 비올라를 좋아했다. 그런 불운이 겹친 결과, 우리의 관계는 일그러지고 1학기 초반에 나에게 커다란 사건이 일어나게 되었다.

그 사건에서 가장 잘못한 것이 누구냐고 따지자면,

"미안. 중학교 때 몰라 줘서…."

중학교 때 자신의 욕망만을 우선하여 비올라의 마음을 몰라 주었던 나다.

"맞는 말이야. 내 나름대로 애썼는데 죠로는 전혀 나를 봐 주지 않았는걸. 그럼 그 사죄를 기대해도 될까?"

내가 비올라에게 해야 할 것은 사죄보다도 감사라고 생각한다. 그 사건은 씁쓸한 추억이 되었지만, 동시에 썬과 이전보다 좋은 관계가 되는 계기를 만들어 주었다.

무엇보다 비올라는 나의 더러운 본성을 알면서도 내게 호의를 가졌다.

그러니까 다소의 억지라면 들어주겠지만,

"그래서 너와 녀석은 어떤 관계야?"

이것만큼은 들어줄 수 없어.

본인이 '팬지'라는 것을 받아들이라고 한다면 그건 좋다.

문제는 산쇼쿠인 스미레코가 아니라 코사이지 스미레가 나타난 이유다. 이런 상황에 두 사람이 관계가 없다는 건 있을 수 없다. 이 녀석들에게는 분명히 뭔가가 있다.

"못됐어."

뚱하니 토라진 얼굴. 바로 토라지는 것도 정말로 똑같다….

"기대에 부응하지 못하는 쪽으로는 정평이 나 있으니까."

"죠로가 나에게 자상하게 대해 주면 말할지도 몰라."

"…어쩌라고?"

"시작으로 19세 미만에게 금지된 행위를 희망해."

"희망하지 마! 처음부터 말도 안 되는 소리를 하잖아!"

생산성이 전혀 없는, 결말이 나지 않는 말다툼. 이것 또한 어딘가에서 경험한 바가 있다.

왜 이렇게 비슷한 거지….

"보통 이렇게 귀여운 여자가 용기를 내서 죠로처럼 장래성 없는 남자에게 육체관계를 요청하면 본능에 따라서 받아들이는 거 아냐?"

"그걸 받아들이면 배드 엔딩 직행인 것 같은 기분밖에 안 드니까."

"괜찮아, 죠로. 당신의 인생은 어떻게 발버둥 쳐도 배드 엔딩이 약속되어 있어."

"전혀 괜찮지 않거든, 그거!"

틀렸다. 도무지 말이 안 통해….

이렇게 되었으면 아예 산쇼쿠인 스미레코의 집으로 돌격해서….

"말이 안 통한다고 집으로 돌격해도 헛일이라고 생각해."

"태연히 생각을 읽지 말아 주시겠습니까?!"

이 녀석도 에스퍼 능력 소유자냐! 진짜로 똑같잖아, 어이!

…하지만 중요한 정보를 얻었다.

아무래도 나는 산쇼쿠인 스미레코의 집에 가도 녀석과 만날 수 없는 모양이다.

본래 오랜만에 만난 코사이지 스미레의 말을 신용하지 않는 편이 좋다고 생각하지만, 혹시 코사이지 스미레가 산쇼쿠인 스미레코와 비슷하다면….

"너는 거짓말을 하지 않는다는 소린가."

"후후훗. 잘 알아줘서 기뻐. 점점 더 좋아하게 되잖아."

"허튼 소리 하지 마."

아무리 있어도 팔을 놓아주지 않기에 슬쩍 탈출.

또 기분이 상해서 토라진 얼굴을 해 왔다.

"하아…. 전부터 부끄럼 많은 건 알고 있었지만, 이 정도면 말기네. 어쩔 수 없으니까 내가 타협해서 당신과의 데이트를 만끽해 줄게."

"전혀 타협이 아니니까! 나는 어떤 사정인지 가르쳐 달라는 거야!"

산쇼쿠인 스미레코가 아니라 코사이지 스미레가 나타난 이유. 눈앞에 있는 코사이지 스미레는 틀림없이 사정을 알고 있겠지만, 가르쳐 줄 생각이 요만큼도 없는 거겠지. 그 증거로···.

"자, 얼른 가자. ···후훗. 전부터 동경했던 '죠로의 팔을 꾹꾹 잡아당긴다'를 해냈어. 오늘은 러블리 꾹꾹 기념일이야."

이쪽의 이야기를 완전히 무시하고, 아주 즐거운 눈치로 내 팔을 잡아당기고 계신다.

그 맹렬하게 촌스런 이름의 기념일은 또 뭐야?

어쩔 수 없지. 달리 사정을 알 만한 것은···.

"어머, 또 전화? 여전히 죠로는 헛된 일에 힘을 쏟는 걸 좋아하네."

"헛된 일인지는 아직 모르지만."

스마트폰을 꺼내 나는 다시 전화를 걸었다.

다만 그 상대는 산쇼쿠인 스미레코가 아니다. 안 받는다는 것은 확인했다.

내가 전화를 건 사람은···.

[죠로, 무슨 일이야? 혹시 히이라기네 가게에 뭐라도 놓고 왔어?]

절친인 썬이다.

스마트폰 너머에서 들려오는, 평소와 다름없는 열혈 보이스에 안도했다.

이번에는 받아서 다행이다….

"저기, 좀 물어보고 싶은 게 있는데, …괜찮겠어?"

[음! 좋아! 뭐든지 물어봐!]

본래 썬 이상으로 사정을 알 만한 녀석이라면 짚이는 바가 있다.

하지만 최대한 나는 녀석들과 얽히고 싶지 않았다.

아니, 그렇잖아? 나와 모두의 인연은 박살났으니까.

이제 와서 내가 묘한 일에 얽혔다고 부탁하는 건….

"저, 저기…. 코사이지 스미레를 기억해? 중학교 때 우리랑 동급생이었던…."

[……]

조금 긴장하면서 그 이름을 꺼냈지만, 스마트폰 너머에서는 아무런 말이 없었다.

"저기… 썬?"

[……기억해.]

3초 뒤, 아까까지의 열혈 보이스와는 전혀 다른, 냉정한 목소리의 대답.

뭐지? 왜 썬은 갑자기 이런 태도로….

"그, 그래서 말인데, 실은 오늘 약속 장소에…."

[그 애가 아니라 코사이지 스미레가 왔어?]

"······! 그, 그런데··· 어떻게 썬이···."

[역시 그랬나···.]

스마트폰을 통해 들려오는, 어딘가 달관한 목소리.

"썬, 혹시 사정을 알고 있어? 그러면···."

[미안, 죠로. 나는 아무 말도 할 수 없어. ···아니, 정확하게는 다 말했어.]

"뭐? 아니, 나는 아무 소리도···."

[떠올려 봐, 체육제 이후의 일을. 거기서 내가 너에게 전한 말을.]

썬이 체육제 이후에 내게 했던 말?

체육제에서는 츠바키와 히이라기가 '이긴 쪽이 진 쪽에게 뭐든지 원하는 바를 하나 명령할 수 있다'며 메인 이벤트를 무시하고 노점의 매상 대결을 펼쳤다.

그때 나는 승리한 히이라기 쪽의 멤버였을 텐데, 팬지의 덫에 걸려서 패자가 되는 바람에 풀이 죽었었다.

그리고 모든 것이 끝난 뒤에 썬과 조금 이야기할 시간이 있었고···.

[그게 내가 할 수 있는 최선이야. 앞으로 나는 어느 쪽의 편도 들 수 없어. 그러니까 네가 어떻게든 해. ···아니, 어떻게든 해 줘.]

"썬, 무슨···! 아니, 끊어졌잖아!"

마치 애원하는 듯한 말을 남기고 썬은 전화를 끊었다.

간신히 힌트를 얻을 수 있겠다 싶었는데, 손에 들어온 것은 새로운 혼란뿐.

문제가 해결되기는 커녕 더욱 커졌다.

"봐? 헛된 일이라고 했지?"

의기양양한 표정으로 내 팔을 계속 잡아당기는 코사이지 스미레.

썬이 사정을 안다는 커다란 실마리를 얻었지만, 그다음은 캄캄한 어둠.

결국 나는 제대로 된 정보를 얻지 못한 채 통화를 마쳤다.

아마 다시 전화를 걸어도 받지 않겠지.

"하지만 나에게는 아주 의미 있는 전화였어. 죠로와 오오가는 지금도 절친인 걸 알아서 안심했어."

지금까지의 다소 심술궂은 미소와는 다른 자상한 미소.

"왜 네가 안심하는데?"

"나는 중학교 때 오오가에게 크게 상처를 주었으니까…."

"……."

"죠로에게도 폐를 끼쳤어. …미안해, 내가 내 생각만 하느라 오오가의 마음을 뒤늦게 알았어. 그 바람에…."

크나큰 죄악감을 품은, 쓸쓸한 표정을 보고 있으니 묘하게 가슴이 아파 와서….

"딱히 네가 잘못한 건 아냐."

무심코 그런 말을 해 버렸다.

"화 안 내?"

"화 안 내."

나도 코사이지 스미레의 마음을 알아주지 못했으니까….

"후후후. 큰일이네. 점점 더 좋아하게 되잖아."

"적당히 해."

안도를 띤 부드러운 웃음에 무심코 두근거리면서 나는 고개를 돌렸다.

"어머? 역시나 부끄럼쟁이네."

아까까지 방약무인했던 주제에 묘하게 얌전해지지 말아 줘.

왠지 잘해 주고 싶어져서….

"그럼 나에게 제일 큰 문제도 해결되었으니, 슬슬 19세 미만에게 금지된 행위에 손을 담글 시간이야."

"돌려줘! 내 가슴에 깃든 이 마음을 지금 당장 돌려놔!"

순식간에 방금 전의 모습으로 돌아갔어! 정말로 이 녀석은 뭐야?!

"농담이야. 사실은 아주 대단한 일을 계획하고 있는걸."

"아주 대단한 일…이라고…."

"응."

내 팔을 꼭 껴안으면서 요염한 눈동자를 하는 코사이지 스미레.

어이어이. 19세 미만에게 금지된 행위 이상으로 대단한 일이라니, 대체 이 녀석은 나와 무슨 짓을⋯.

"오락실에서 죠로와 둘이서 사진을 찍을 거야."

"쪼잔해! 상상을 뛰어넘는 쪼잔함이야!"

하다못해 스티커 사진이라고 말하지 않겠어?!

분명히 오락실을 제대로 안 다녀 본 거야, 이 녀석!

"실례잖아. 나에게는 장대하기 짝이 없는 계획이야. 계속 그러고 싶었는걸."

왜 고작 스티커 사진을 찍는 게 장대해지는 거야.

영문을 모를 녀석이야⋯.

"괜찮지? 나와 당신은 연인이니까."

매력적인 목소리와 함께 리드미컬하게 내 팔을 잡아당기는 코사이지 스미레.

대체 이 녀석이 뭘 꾸미는지는 모르겠지만,

"⋯그 전에 들르고 싶은 곳이 있는데, 괜찮을까?"

"상관없어. 나도 거기서 만나고 싶은 사람이 있고."

제길. 다음에 내가 가려는 곳도 다 파악했나.

그 시점에서 이미 헛수고일 것 같았지만, 그렇더라도 안 갈 순 없지.

사실은 거기에 가선 안 된다고 생각한다. 가능하면 가고 싶지 않다.

그렇더라도 갈 수밖에 없어.

산쇼쿠인 스미레코의 친구가 있는… '따끈따끈한 튀김꼬치 가게'에.

※

"……."

"안 들어가?"

"절찬리 마음의 준비 중이다."

코사이지 스미레와 재회한 장소에서 걸어서 15분. 나는 목적지인 '따끈따끈한 튀김꼬치 가게'에 도착했지만, 좀처럼 각오가 서지 않아서 입구 앞에서 머뭇거리고 있었다.

이브인 오늘, 여기서는 크리스마스 파티를 하고 있다. 멤버는 니시키즈타 고등학교의 도서실 멤버들과 토쇼부 고등학교의 이전 학생회장인 체리와 현재 학생회장인 리리스.

전부 여자만 있으니까, 남자인 내가 들어가기 껄끄럽다는 소리가 아니다.

2학기 종업식 때, 나는 여기에 있는 몇몇 여자들과….

"으음~! 츠바키의 튀김꼬치, 맛있어! 이건 아마오우 크림빵이랑 맞먹는 맛이야!"

"히마와리. 그렇게 급하게 먹지 않아도 많이 있으니까 괜찮아
요."

"사잔카, 내가 구운 칠면조도 먹어! 아주아주 맛있으니까 먹어
봐! 얼른! 얼른얼른!"

"으으! 알았어, 히이라기! 그렇게 재촉하지 마!"

"체리 씨, 케이크 쪽으로 다가가지 않는 게 좋지 않을까. 다치
면 위험하달까."

"아하하! 츠바키찌, 무슨 소리야! 딱히 케이크로 다가가도…
쇼오오오오!! 아, 아파~"

"아앗! 으음… 다행이다. 케이크는 무사하네."

"코스모스찌! 나보다 케이크 걱정을 하다니, 너무해!"

가게 안에서 들려오는 발랄한 목소리. 정말로 즐거운 듯한 분
위기가 전해져 왔다.

하지만 내가 이 안에 들어가면 틀림없이 그 분위기는 깨진다.

어쩌지? 역시 그만두는 편이….

"실례할게요."

"아, 너 뭐 하는 거야!"

진짜 이 녀석은 뭐지?! 우울한 기분에 젖어 있었더니 거침없
이 문을 열어 버리고!

"밖에 있으면 죠로가 춥겠거니 싶어서 따뜻한 환경을 준비하
려고 했어. 이른바 약소한 배려라는 거야."

"정말로 말도 안 되는 기세로 체온이 올랐다고! 밖에 있는 채로!"

머리끝부터 발끝까지가 단숨에 뜨거워졌어!

"어라? 오늘은 우리가 전세 냈을 텐데… 앗!!"

처음으로 내 존재를 알아차린 것은 코스모스＝아키노 사쿠라. 오늘은 크리스마스 파티인 것도 있어서, 평소에는 항상 지참하는 코스모스 노트가 보이지 않았다.

"응? 코스모스 선배, 무슨… 앗! 죠로다!"

"뭐어어어?! 저, 정말로 왔어?!"

이어서 소꿉친구인 히마와리와 같은 반의 사잔카가 내 모습을 확인하고 눈을 크게 떴다.

3학기가 되면 싫어도 얼굴을 마주치게 될 건 알았지만… 설마 이렇게 일찍 또 만나게 되다니….

"여, 여어…. 다들…."

한심하게 떨리는 목소리. 도저히 내 목소리 같지 않다.

한심하잖아…. 뭐 하는 거야….

"""……."""

아까까지의 시끌시끌하던 분위기가 거짓말 같은 침묵.

역시 오는 게 아니었을지도 모른다는 후회의 마음에 사로잡혀 있자,

"아까 히이라기의 닭꼬치 가게에서 보고 또 보네요, 죠로!"

소박한 미소의 아스나로가 내 눈앞으로 다가왔다.

분명 나나 다른 이들을 배려해서, 자기가 대표로 이야기를 들어 주려는 것이다.

도서실 멤버 중에서 내가 아직 이야기할 수 있는 건 아스나로뿐이니까.

"그렇, 지…. 미안…."

"아뇨, 신경 쓰지 마세요! 사죄하고서 여기에 온 것을 보면 당신에게 그 이상으로 중요한 일이 있는 거지요?"

"음. 꼭 좀 물어보고 싶은 게 있어서…."

"알겠습니다! 뭐든지 물어보세요!"

아스나로의 대답과 동시에 다른 멤버가 한 발짝 뒤로 물러났다.

가게 안쪽에 있는 리리스가 묘하게 차분한 얼굴로 나를 바라보았다.

"어어, 저기…. 실은 오늘 팬지랑 만나기로 했는데 안 왔어. 그래서 아는 것 좀 없나 싶어서…."

"그거 말입니다만…."

차분한 표정. 그게 방금 전 썬과의 통화를 떠올리게 해서 긴장감이 높아졌다.

하지만 잠시 뒤에,

"물론 알고 있지요!"

다시 소박한 미소를 띤 아스나로가 그렇게 말해 주었다.

"정말이야?! 그럼 좀 가르쳐 줄 수 있을까?"

"상관없습니다! 팬지라면…."

각오를 하고 온 보람이 있었다! 이걸로 조금은 힌트가 손에 들어….

"당신의 곁에 있지 않습니까."

"뭐?"

안도한 것도 잠시. 또 다른 혼란에 떨어뜨리는 한마디를 아스나로가 던졌다.

그 손가락이 가리킨 것은 내 옆에 있는 여자… 코사이지 스미레였으니까.

"아, 아니, 그게 아니라…."

"죠로. 제가… 아니, 우리가 아는 팬지는 그녀뿐인데요?"

아니잖아! 너희가 아는 것은 코사이지 스미레가 아냐! 산쇼쿠인 스미레코야!

그런데 왜….

"고마워…. 그리고 미안해."

"후훗. 사과하지 않아도 됩니다! 이렇게 되었을 경우 우리는 협력하기로 '그녀'와 약속했으니까요!"

제길! 산쇼쿠인 스미레코 녀석, 이쪽에도 이야기를 해 놨군!

'우리'란 말… 거기에 포함되어 있는지는 모르지만, 아마도 여기에 있는 녀석은….

"비… 팬지, 오랜만! 잘 있었어!"

"그래, 물론이야. 당신도 잘 지내는 모양이네, 히마."

다소 어색한 태도가 눈에 띄지만, 히마와리가 중학교 때 동급생인 코사이지 스미레와 만난 것이 기쁜 모양인지 천진난만한 미소로 사이좋게 말했다.

하지만 아니잖아… 히마와리….

너는 중학교 때 코사이지 스미레를 '비'라고 불렀잖아.

그런데 지금은….

"응! 나는 쌩쌩해! 팬지랑 또 만나서 아주 기뻐! 앞으로는 더 많이 놀자!"

"그래. …문제는 많이 있지만, 그렇게 되면 좋겠어."

"괜찮아! 죠로가 같이 있으면 그 문제는 해결돼! 물론 나도 협력할게! 나랑 팬지는 친구니까!"

이 말이 모든 것을 말해 주고 있다.

히마와리도 틀림없이 녀석 쪽에 붙었다.

"여어, 팬지. 나는 아키노 사쿠라. 코스모스라고 불러 주면 기쁘겠어."

"고맙습니다. 그리고 나도 자기소개를 할게요."

말을 걸어온 코스모스에게 대답한 뒤, 코사이지 스미레는 거기에 있는 멤버를 바라보며,

"히마와리, 아스나로, 코스모스 선배, 츠바키, 히이라기, 사잔카. …팬지입니다. 앞으로 잘 부탁드려요."

그렇게 말하고 고개를 깊이 숙였다.

"하핫! 그렇게 긴장하지 않아도 괜찮아! 너는 우리의 친구잖아!"

"그렇죠! 얌전한 팬지는 팬지답지 않습니다!"

"응! 팬지는 평소와 같은 모습이 제일이야!"

"응, 잘 부탁할까."

"잘, 부탁, 해…. …아, 아직 조금 무서워!"

"아니, 히이라기! 내 뒤에 숨지 마! 뭐, 저기… 잘 부탁. 나는 마야마 아사카. …사잔카라고 불려."

"…아주 기뻐. 정말로 멋진 사람들뿐이네."

방금 전까지 나와 산쇼쿠인 스미레코에게 당연했던 공간이, 나와 코사이지 스미레에게 당연한 공간이 된 듯한 착각. 아니… 실제로 그렇게 되었다.

"죠로, 미안하지만 용건이 끝났으면 이만 가 줄 수 없을까? …솔직히 말하자면, 오늘만큼은 너와 만나고 싶지 않았어…."

멍하니 서 있는 내게 코스모스의 차가운 말이 날아들었다.

"아니, 그렇지만요…. 맞는 말이지만요…."

"다시 경어구나…."

"…큭!"

코스모스의 슬픈 미소가 가슴을 후볐다.

나도 이러고 싶은 건 아냐!

모두를 상처 입히고, 더 상처 주는 짓은 하고 싶지 않아!

하지만 이대로 가다간….

"죠로, 이제 알았을 거라 생각하지만, 확실히 전해 둘게."

씩씩함과 각오를 겸비한 코스모스의 목소리.

평소보다 어른스러운 사복을 입고 있는 것은… 혹시 코스모스 나름대로의 변화일지도.

"나는 팬지의 친구야. 그러니까 '그녀'에게 협력하겠어. 설령 네가 아무리 곤경에 빠졌더라도 도와줄 생각은 없어. 물론 네 편을 들 생각도 없어."

녀석에게 부탁을 받았으니까 그렇게 말하는 걸까?

아니면 본심으로 그렇게 말하는 걸까?

모르겠다…. 하나도 모르는 상태가 계속된다….

…제길! 그렇더라도 여기까지 와서 아무것도 모른 채 끝낼 순 없어!

"히이라기, 츠바키! 너희는 뭐라도…."

"히익! 모, 몰라! 나, 아무 말도 하면 안 돼!"

"아무 말도 할 수 없달까."

"그런 말 하지 마! 뭐든지 좋아! 조금이라도…."

"윽! 으으으! 무서워~…."

"너 적당히 좀 해. 히이라기가 무서워하잖아."

아주 잠깐 깃든 희망을 지워 버리듯이 사잔카가 내 눈앞에 나타났다.

왠지 모르게 사잔카가 '죠로'라고 불러 주지 않는 게 괜히 서글펐다.

그런 마음을 품는 것 자체가 잘못이겠지만….

"미안하지만 나도 너한테 협력할 생각은 없으니까. 그보다 네 태도는 너무해. 조금은 팬지의 기분을 생각해 보지? 자기 생각만 하잖아."

"으윽!"

뭐냐고, 이거…. 겨우 산쇼쿠인 스미레코에게 솔직한 마음을 전하고, 많은 이들을 상처 입히고, 연인이 되었다고 생각했는데, 왜 이렇게 된 거야?

누구든 좋아, 뭐든지 좋아. 조금이라도 좋으니까 뭔가 힌트를….

"앗! 리리스찌!"

체리가 제지하는 목소리. 하지만 그걸 뿌리치고 내 눈앞에 나타난 것은 리리스였다.

여전히 앞머리가 길어서 표정을 알기 어렵다.

리리스가 다가온 동시에 한 발 물러나서 나에게서 약간 거리를 두는 코사이지 스미레.

그런 코사이지 스미레에게 리리스는 순간 시선을 보낸 뒤에 스마트폰을 내게 들이대고,

「두 꽃의 사랑 이야기」

그렇게 적힌 화면을 나에게만 보여 주었다.

"그건⋯."

『두 꽃의 사랑 이야기』. 산쇼쿠인 스미레가 내게 빌려주었던 책이다.

쌍둥이 자매가 한 남자를 사랑하는 이야기. 처음에는 언니가 사랑에 빠지고, 다음에는 동생이 사랑에 빠진다.

동생은 언니가 좋아하는 사람에게 자기도 같은 마음을 품게 되어서 고뇌했지만, 언니가 그 마음을 간파하고 자상하게 받아들여 준다.

그 뒤로 두 사람과 남자의 사랑의 갈등이 시작되나 싶지만, 그렇지 않다.

예상 밖의 사고가 일어나서, 언니는 동생을 감싸고 의식 불명의 중태에 빠지기 때문이다.

그리고 그동안 동생은 남자와 연인 사이가 된다. 하지만 거기에 해피 엔딩은 찾아오지 않는다.

왜냐면 최종적으로 남자와 맺어지는 건 언니이기 때문이다. 동생은 어디까지 언니의 대리로 남자의 연인이 되었다가, 언니의 의식이 돌아오는 동시에 언니와 자신을 바꿔치기한다.

남자는 동생을 사랑하고, 언니는 동생으로서 살고, 동생은 어딘가로 모습을 감추는 것으로 이야기는 끝을 맺는다.

슬프지만 다정한… 세 사람의 이야기.

그것은 마치 지금 상황과 흡사하고….

"엔딩은 당신에게 달렸어."

스마트폰이 아니라 소리 내어 리리스가 그렇게 말했다.

"자, 자! 그럼 이야기는 여기까지! 미안, 죠로찌! 오늘만큼은 나도 네 편을 들어줄 수 없으니까, 얌전히 물러나 줄 수 있을까?"

리리스와 나 사이에 끼어들어서 체리가 미안하다는 듯한 웃음을 보였다.

"죠로, 나도 슬슬 여기서 이동해야 한다고 생각해. 그러니까…"

어느 틈에 곁으로 다가온 코사이지 스미레가 내 옷소매를 힘없이 붙잡았다.

방금 전까지는 억지로라도 팔짱을 끼려고 했는데, 여기서는 그런 행동을 하지 않는다면… 이 녀석 나름대로 마음을 쓰는 거겠지.

"…부탁이야."

당장이라도 울 것 같은 표정으로 그렇게 말했다.

적당히 좀 해. 그런 얼굴을 하면….

"알았어. …다들 방해해서 미안해. 그럼… 난 갈 테니까….'

나는 본래 여기에 있으면 안 되는 인간이다.

산쇼쿠인 스미레코에 대한 이야기를 들을 수 없다는 건 충분히 이해했다.

그럼 빨리 물러나는 편이 좋다.

"방해해서 미안해. 하지만… 만나서 기뻤어."

코사이지 스미레가 그 말을 누구에게 한 것인지 나로서는 모른다.

안 거라고는 지금 내 상황이 『두 꽃의 사랑 이야기』와 흡사하다는 것.

혹시 그렇다면 나는….

산쇼쿠인 스미레코와는 연락이 닿지 않는다.

썬은 이 문제에 관여할 생각이 없다.

다른 애들은 전원 '팬지'의 편을 들고 있다.

완전히 사면초가. 이 상황에서 어쩌라는 거지….

"미안해, 죠로. 나 때문에 안 좋은 일을 겪게 해서….'

밖으로 나오자마자 코사이지 스미레가 이번에는 내게 사죄의 말을 했다.

"하지만 나는 이럴 수밖에 없어. 그러니까 오늘만큼은 당신 곁에 있게 해 줘….'

필사적인 애원. 어째서인지 그 모습은 녀석이 내게 애원하는 걸로도 보여서,

"……."

"안 될까?"

"하아…. 알았어….."

나는 어딘가 체념하듯이 그렇게 말했다.

"기뻐. 정말로… 너무… 너무나도 기뻐."

행복을 곱씹는 듯한 코사이지 스미레의 목소리. 동시에 강하게 내 팔을 붙잡는 손.

하지만 그런 모습을 내게 보이기 부끄러웠던 걸까.

"후후후…. 그럼 이번에야말로 러브러브 콩닥콩닥 데이트의 시작이네. 나는 죠로와 하고 싶은 일이 많이 있어. 정말로… 자안뜩 있으니까."

방금 전까지의 표정이 거짓이었던 것처럼 행복한 미소를 코사이지 스미레가 내게 보냈다.

사실은 지금 당장이라도 산쇼쿠인 스미레코를 찾으러 가고 싶다. 하지만 실마리가 없는 이상,

"…그래서 어디로 갈 거야?"

코사이지 스미레에게서 정보를 얻을 수밖에 없다.

"…아까도 말했지만, 몇 번이고 전할 수 있다는 것도 즐거움의 일종이니까 용서해 줄게. 하지만 이번에는 잊지 말아 줘?"

"그래, 미안했어….''

잊지 말란 말이지. …그러고 보면 중학교 졸업식 때 코사이지 스미레는 '나를 잊지 말아 줘'라고 말했지. 혹시 내가 코사이지 스미레를 제대로 기억했다면 이런 상황이 되지 않았을까? …하나도 모르겠다.

"지금부터 우리가 가는 곳은 계속 당신과 함께 가고 싶었던…''

강한 마음을 행동으로 드러내듯이 내 팔을 감싸는 코사이지 스미레.

얼굴을 내 어깨에 댄 뒤에 잠시 후 고개를 들고,

"오락실에서 사진, 그리고 카페야.''

그 미소는 마치 자기가 진짜 '팬지'라고 전하는 듯한, 신기한 매력을 띤 미소였다.

【우리의 약속】

　나로서는 일생의 추억이 될, 중학교 1학년의 여름 방학은 끝을 고하고, 2학기가 시작되었다. 여름 방학 중에는 매일처럼 만났던 나와 비올라도 최근에는 일요일에만 만난다.

　하지만 매주 일요일은 빼 놓지 않고 반드시 비올라와 보냈다.

　그녀와 만나는 빈도가 줄어드는 것은 쓸쓸한 일이었지만, 조금 마음이 놓이는 면도 있었다.

　비올라는 '장래에 내가 죠로와 함께 갈 장소를 밑조사하러 간다'는 말과 함께, 여러 장소에 나를 데려가니까.

　특히나 둘이서 오락실에 갔을 때는 고생이었어. 땋은 머리에 안경을 낀 여자 둘이서 오락실에 가는 바람에, 이상한 의미로 주목을 모았는걸.

　하지만… 아주 즐거웠어.

　그런 식으로, 지나치다고 할 정도로 여름 방학을 만끽한 우리는 그 대가로 두 사람 다 지갑 사정이 안 좋아져서, 최근에는 둘 중 누군가의 집에서 보내는 일이 늘었다.

　"팬지, 나는 커다란 한 걸음을 내디뎠어!"

　내 방에서 땋은 머리와 안경을 해제한 진짜 모습의 비올라가 자신만만하게 말을 꺼냈다.

　나는 비올라와 만나는 빈도가 줄어서 쓸쓸한 마음밖에 없었지만, 비올라는 '겨우 죠로와 만날 수 있어!'라며 의기양양하게 2학기를 맞았으니까 불공평해.

"왠지 대단치 않을 거란 예감밖에 안 드는데, 일단 들어는 줄게."

"…팬지, 최근 당신 입이 좀 험하지 않아?"

다소 뚱한 표정을 하면서 비올라가 나를 노려보았다. 아무래도 나는 비올라와 오랫동안 같이 지내는 바람에 그녀 정도는 아니라도 다소 입이 험해진 모양이다.

"그렇다면 비올라의 책임이니까 각오를 하고 받아들여 줘."

"뭐든지 남의 탓으로 돌리다니, 어리석은 사람이네. 남의 시선을 두려워하며 갓 태어난 염소처럼 꼴사납게 떨었던 사람이, 왜 이렇게 된 걸까?"

역시 비올라 쪽이 더 심해. 나는 그래도 나아.

"이야기가 엇나갔네. 그래서 어떻게 됐어?"

"후훗. 좋은 질문이야."

자신만만한 표정으로 비올라는 살짝 내 쪽으로 상체를 굽혔다.

"다름 아니라, 죠로에게 내가 만든 과자를 주었어!"

감정적인 외침. 이것 또한 나와 비올라의 차이다.

우리는 매우 비슷하지만, 비올라는 때때로 감정적으로 큰 소리를 낼 때가 있다.

나는 큰 소리를 내는 게 힘들기도 하고 이렇게까지 감정을 겉으로 드러내는 일도 없으니까 그녀의 이런 일면이 부럽기도 하다.

"어머, 그건 좋은 일이잖아. 나도 고생해서 과자 만드는 걸 가르쳐 준 보람이 있었네."

"그것에 대해서는 깊이 감사하고 있어. …고마워, 팬지."

"별말씀을, 비올라."

여전히 키사라기와의 거리를 좁히지 못하는 비올라지만, 어떻게든 그와 가까워지기 위해 그녀가 생각한 작전이 '자기가 만든 과자를 주는 것'.

그녀가 이 말을 꺼냈을 때는 정말로 난처했어.

비올라는 한 번도 과자를 만들어 본 적이 없는데 이런 소리를 했거든?

어쩔 생각이냐고 물었더니 '팬지가 가르쳐 줄 테니까 문제없어. 죠로가 기뻐해 주지 않는다면 당신 탓이니까 잘 가르쳐 줘'라면서 귀찮은 일이고 책임이고 전부 나한테 떠넘겼어.

미경험자에게 기초부터 차근차근 가르친다.

처음 겪는 일이라서 아주 고생이었지만… 아주 즐거웠어.

"이 결과로 놓고 볼 때, 나와 죠로가 햇피햇피 해피한 연인이 되는 건 시간문제라고 해도 과언이 아니야."

"과언인 듯한 느낌밖에 안 들어."

여전히 센스가 꽝이야….

"그럴 리 없어. 마음을 가득 담아서 만들었으니까. 분명 죠로라면 그 마음을 느껴 줄 거야."

그럴 리 없잖아―그 말은 비올라의 행복한 미소를 보니 입 밖에 나오지 않았다.

그녀의 이런 미소를 볼 수 있는 것은 키사라기 이야기를 할 때뿐.

그 사실이 나에게 복잡한 마음을 품게 했다. …그도 그렇잖아?

비올라와 제일 사이가 좋은 건 틀림없이 나. 그리고 나에게 가장 소중한 사람은 비올라.

하지만 비올라에게 가장 소중한 사람은 내가 아니다. 키사라기다.

왜 학교에서도 좀처럼 말을 나누지 않는 사람에게, 누구보다도 비올라와 함께 있는 내가 져야만 하는 거지?

"연심이란 불공평해…."

"후후후. 팬지도 누군가를 좋아하게 되면 이해할 거야."

내 마음을 알아차린 비올라가 왠지 기분 좋은 눈치로 말했다.

"비올라를 보고 있으면 사랑을 할 때에 해선 안 되는 일이 여러 가지 있다는 걸 알겠어. 슬슬 그냥 솔직하게 마음을 전하면 어때?"

"그건 무리야. 나는 겁쟁이니까."

가슴을 펴고 할 말이 아니야….

"한심하네."

"아까도 한 말이지만, 팬지도 누군가를 좋아하게 되면 이해할 거야."

"말도 안 돼. 나는 좋아하게 된 순간 바로 마음을 전할 거야."

"…죠로를 좋아하게 되는 건 금지야."

왜 그렇게 되는데? 정말로 비올라의 독점욕에는 두 손 들게 된다.

게다가 아주 질투심이 깊다. 매일처럼 비올라가 보내는 「죠로가 ○○랑 이야기했어!」, 「죠로가 ○○를 보고 있었어」 같은, 가벼운 스토커 같은 메시지에 답해야만 하는 내 기분도 생각해 줘.

여자를 밝히는 키사라기의 성격을 좀 교정할 순 없을까? 그런 식으로 생각한 적도 있었다.

"괜찮아, 비올라. 내가 남자를 꺼리는 건 잘 알고 있잖아?"

"응. 나도 그랬으니까 걱정이야."

비올라가 이렇게까지 나에게 '죠로를 좋아하게 되면 안 돼'라고 말하는 이유는 우리가 비슷하기 때문. 말투만이 아니라 처지나 사고방식도 비슷하기에, 비올라는 나를 친구로서 신용하면서도 여자로서는 제일 경계한다.

하지만 그 마음을 숨김없이 전해 주는 게 기뻤다.

"나로서는 비올라 쪽이 걱정이지만."

"무슨 말이야?"

"말하지 않았잖아? 과자를 줄 때의 키사라기의 반응을."

"…윽!"

비올라가 알기 쉽게 얼굴을 찌푸렸다.

"설마 싶지만, 키사라기에게 직접 건네지 않고 그의 절친인 오오가에게 '이거 둘이서 먹어'라고 하며 건네준 건 아니겠지?"

"그 가능성은 부정할 수 없어."

하아…. 역시 그런가….

정말로 비올라는 사랑이 얽히면 한없이 겁이 많아지네.

"그 행동은 여러 의미로 위험해. 당신의 마음을 오해하게 될 가능성이 있어."

"괘, 괜찮아! 다른 사람들에게 '내가 오오가를 좋아한다'는 오해를 사더라도 딱히 지장은…."

"그 '다른 사람들' 중에 키사라기가 포함될 가능성은 물론 고려했지?"

"…했어. …하, 하지만 어쩔 수 없잖아! 죠로에게 직접 줬는데, 싫어한다면… 난 죽을 거야."

과장된 소리이긴 하지만, 진짜로 할지도 모른다는 점이 무서워….

"그의 거짓 성격을 고려하면, 싫어할 일은 없지 않을까?"

"뭘 모르네, 팬지. 나는 죠로를 계속 관찰한 결과, 그 표정이나 행동에서 사실은 무슨 생각을 하는지 다소 간파하는 힘을 갖추었으니까."

아주 쓸데없는 능력을 익힌 모양이네.

"근본적인 '오해를 산다'라는 문제를 잊어버린 것 아닐까. 게다가 오오가에게 '둘이서 먹어'라니… 그가 오해했다간 정말로 심각한 사태를 부르지 않겠어?"

"그거라면 괜찮아. 오오가는 학교 안의 여자들에게 인기가 많아. 그러니까 나 같은 것에게 흥미를 가질 리가 없어. …아예 히마랑 사귀어 준다면…."

"그 얼굴, 절대로 키사라기에게 보이지 않는 게 좋겠어."

못된 꿍꿍이를 꾸미는 일그러진 미소. 모처럼 예쁜 얼굴이 다 날아간다.

비올라가 중학교에서 제일 경계하는 것은 키사라기의 소꿉친구인 히나타 아오이.

기운이 넘치고 누구에게건 싹싹하게 말을 붙이는, 아주 귀여운 여자애라는 모양이다.

키사라기의 험담은 지금까지 몇 번이나 들었지만, 비올라가 히나타의 험담을 하는 것은 들은 적이 없다. 그 정도로 히나타는 '제대로 된 인간'인 거겠지.

하지만 그렇기에 비올라에게 히나타는 경계의 대상이 된다. 그녀가 키사라기와 연인 사이가 되면 어쩌나 하는 말은 귀에 못이 박히도록 들었다.

"괜찮아, 이 얼굴은 팬지에게밖에 보이지 않아."

"그래."

단적인 대답과 함께 마음속으로 주먹을 움켜쥐었다.

키사라기에게도 보이지 않는, 나만의 비올라와의 인연을 확인했으니까.

"혹시나 오오가에게 의논하는 게 한 가지 수단이 될지도 몰라. 그는 죠로와 사이가 좋고, 누구건 편견 없이 대해. 그런 그라면…."

자기 연애 계획을 중얼거리는 비올라.

정말로 나는 비올라가 부럽다.

그녀는 학교에서 친구라고 할 만한 사람이 거의 없지만, 그래도 중학교 생활을 즐기고 있다.

하지만 나는 다르다. 매일 원치 않는 감정을 대하며….

"그렇게 괴로워? 당신이 다니는 중학교는…."

내 표정에서 마음을 읽은 걸까, 방금 전까지의 들뜬 기색과 달리 부드러운 목소리로 비올라가 내게 말했다.

"그래…. 고등학생이 되면 비올라가 가르쳐 준 그쪽 모습으로 다닐 생각이지만, 그걸 아무에게도 들키지 않기 위해서라도 중학교는…."

본래 모습으로 다녀야만 한다.

결과적으로 제일 큰 고생은 지금도 계속되고 있고 고민스러운 매일이다.

"어째야 좋을지 모르겠어. 나를 도와주려는 사람은 있지만…"

"어머, 그건 멋진 일이잖아! 나 때는 아무도 도와주지 않아서 내 힘으로 해결할 수밖에 없었어. 하지만 도와주는 사람이 있다면 거기에 기대 보는 것도 괜찮을 거야!"

나는 비올라의 이런 점도 존경하고 있다.

그녀는 자기가 '약자'라는 것을 받아들이고 솔직하게 남의 도움을 받는다.

하지만 나는 어렵다. 무심코 자존심이 앞서서 받아들이지 못한다.

물론 이유는 그것만이 아니지만.

"있잖아, 팬지. 당신을 도와주려 한다는 사람은 남자?"

"그래. 순수하게, 정말로 순수하게 선의만으로 나를 도와주려고 하는 남자야."

"그럼 그 사람을 곁에 두면 되겠네! '팬지가 안심하고 중학교에 다닐 수 있다', '팬지가 죠로를 좋아하게 되지 않는다'. 일석이조야!"

왠지 모르게 두 마리째 새에는 비올라의 마음이 강하게 담겨 있는 듯하지만….

"…어려워."

"어머? 왜 그래?"

"속마음을 모르는 사람이야. 그러니까 여자들의 진짜 마음을 알아차리지 못해. 못된 사람은 아니지만, 나는 그런 사람이…."

"아까 한 말 취소할게. 나도 그런 남자는 구역질이 날 만큼 혐오감이 들어."

그 정도 생각은 안 했는데…. 비올라의 독은 역시나 강렬하다.

"그런 쓰레기 이하의 남자를 사랑할 필요는 없어. 이용할 만큼만 이용하면 돼."

정말로 비올라는 자기가 혐오감을 품은 상대에게는 봐주는 게 없다.

어떤 의미로 똑 부러지기는 하지만, 너무 똑 부러지는 것도 문제네.

"그게 가능하면 마음도 편하겠는네…."

하지만 나는 그럴 수 없다. 그… 하즈키는 정말로 순수한 선의만으로 나를 도우려 하고 있다. 그 선의를 무시할 수는 없어….

"…괜찮아, 팬지. 중학교까지만 참으면 되니까…."

비올라가 나를 부드럽게 껴안았다.

"…고마워, 비올라."

견디는 것은 중학교 졸업 때까지. 그때까지만 참으면….

"아! 떠올랐어!"

"어떤 게?"

나를 껴안으면서 비올라가 밝게 말했다.

"있잖아, 팬지. 고등학교는 나랑 같은 학교에 다니지 않을래?"

"비올라랑 같은 학교에…."

내 가슴 안에 지금까지 없었을 정도의 고양감이 끓어올랐다.

"그래! 그러면 내가 죠로나 히마, 그리고 오오가를 소개해 줄게! 다들 아주 멋진 사람이니까 분명히 당신도 친해질 수 있어! 그리고 다 함께 매일을 보내는 거야!"

눈을 감고 상상해 보았다. 도서실에 있는 땋은 머리에 안경 쓴 모습의 나. 하지만 혼자가 아니다.

거기에는 비올라나 다른 멋진 사람들도 있고, 매일 즐거운 이야기를 하며 보낸다.

혹시 그런 게 실현된다면.

"아주 멋진 이야기네."

"그렇지? 그러니까 같은 학교로 가자! 나랑… 니시키즈타 고등학교로!"

니시키즈타 고등학교. 그건 이 근방에서 중간 정도 성적의 학생이 다니는 고등학교다.

비올라는 공부를 잘한다. 나도 나름 공부를 잘하지만, 비올라와는 비교할 수 없을 정도다. 그런 그녀가 왜 학력 면에서 중간인 니시키즈타 고등학교에?

"비올라의 성적이면 이 근처에서 제일 명문인 토쇼부 고등학교에도 갈 수 있을 텐데…."

"무슨 소리야? 그런 좋은 학교에 죠로가 붙을 리가 없잖아."

역시나 키사라기인가.

하아…. 어쩐 일로 나를 우선해 준다 했더니, 역시 최우선은 키사라기네.

하지만 더 이상 그걸 질투하면 안 되겠지.

고등학생이 되면 친구가 될지도 모르니까.

그러면 나도 그를 이렇게 부르게 될까?

죠로라고.

나를 좋아하는 건
너 뿐이냐

나는 데이트를 한다

제 2 장

고등학교 2학년의 크리스마스이브.

나는 녀석을 앞으로도 '팬지'라고 생각해야 할지 알 수 없어졌다….

아니, 그도 그렇잖아? 본래 크리스마스이브는 녀석과 보내는 특별한 날이 될 터였는데, 내가 함께 보내게 된 것은 중학교 때의 동급생인 코사이지 스미레.

그리고 코사이지 스미레는 자기를 '팬지'라고 말하며, 내 연인으로 나타났다.

재회한 지 그리 시간이 지나지 않았을 텐데, 마치 자기가 진짜 '팬지'라는 걸 증명하는 듯한 행동을 하는 코사이지 스미레.

반대로 모습을 보이지 않고, 연락도 닿지 않는 녀석.

니시키즈타의 도서실 멤버들도 코사이지 스미레를 '팬지'로 받아들였다.

그럼 지금까지 내가 함께 지냈던 녀석은 누구지?

"시대가 움직였어…."

"틀림없이 정반대로."

"때로는 과거를 되돌아보는 것도 중요하다고 생각해."

코사이지 스미레의 요망대로 오락실로 향한 나는 둘이서 스티커 사진을 찍기로 했다.

'자, 같이 사진을 찍자.'

스티커 사진을 사진이라고 말한 시점에서 그럴 거라고 생각했는데, 예상대로 코사이지 스미레는 이런 장소에 온 경험이 별로 없는지, 꽤나 어설픈 모습이 눈에 띄었다.

하지만 나한테 그걸 들키는 게 창피했는지 '3년 전에는 잘했어'라며 샐쭉한 얼굴로 말했다.

"후홋…. 겨우 죠로랑 둘이서 사… 스티커 사진을 찍었어."

현재 위치는 카페.

정면에는 오락실에서 찍은 스티커 사진을 꽤나 행복한 미소와 함께 바라보는 코사이지 스미레.

이 상황만 보면 꽤나 훈훈하기 그지없다.

"죠로는 누구랑 같이 스티커 사진을 찍은 경험이 있을까?"

시선을 스티커 사진에서 내게로.

살짝 올려다보는 모습이 아주 귀엽다.

본래와는 다른 상황이란 것도, 내가 가장 만나고 싶은 녀석이 달리 있는 것도 알고 있다.

하지만 역시 눈앞에 있는 코사이지 스미레는 엄청 귀여운 여자애고, 그런 애와 단둘이서 보내는 것에 아무것도 느끼지 않을 리가 없어서….

"…글쎄."

내 안에서 끓어오르는 다른 마음에 잡아먹히지 않도록 나는 냉정한 목소리로 말했다.

녀석과 둘이서 찍은 경험… 있었던가?

그런 것조차 떠올리지 못하는 내가 왠지 무서워졌다.

마치 조금씩 녀석을 잊어 가는 듯한 감각을 느꼈으니까.

"아무것도 가르쳐 주지 않는 사람은 싫어."

"그대로 돌려줘야 할 것 같은 말이로군."

핫 코코아를 한 모금. 조금 뜨겁다.

이 카페의 추천 메뉴는 홍차라는 모양인데, 나도 코사이지 스미레도 그걸 주문하지 않았다.

추천 메뉴인데 왜 안 주문했냐고? 내가 최고로 꼽는 홍차는 정해져 있어.

우연하게도 생각이 일치했던 모양이다

"…재미없어."

잠시 침묵하다가 코사이지 스미레가 불평을 흘렸다.

"왜? 네가 하고 싶었던 일에 어울려 주고 있잖아."

"그치만 죠로가 나를 봐 주지 않는걸. 게다가 아직 한 번도 이름을 불러 주지 않았어. 좋아하는 사람이 잘해 주지 않는 건… 슬퍼."

화내는 게 아니라 침울해진다.

노리고 하는 짓인지는 모르겠지만, 그 효과는 확실해서,

"…미안해."

나는 사죄의 말을 선택했다.

"죠로. 내가 원하는 말은 그게 아냐."

알고 있어. 하지만 그리 간단히 할 수 있는 게 아니야….

나에게 '팬지'는….

"하다못해 '비올라'면 안 될까?"

"어쩔 수 없네. 그쪽도 죠로가 준 이름이니까, 지금만큼은 참아 줄게."

"고마워. …비올라."

"무슨 말씀을. …후훗."

그저 이름을 불렀을 뿐.

그것만으로도 이렇게 행복한 표정을 하는 것은 녀석에게는 없었던 일이다.

"있잖아, 죠로. 이제부터 우리가 슈퍼 콩닥콩닥 러블리한 연인으로 지내려면 필요한 게 있다고 생각해."

"전제조건이 이상한 것 같지만, 일단 들어는 보지."

또 표현이 맹렬하게 낡았다.

"일단 서로를 알아야 하지 않을까?"

"보통은 사귀기 전에 그걸 끝내야 하지 않을까?"

"그렇다고만 할 순 없어. 당신도 모르는 게 많이 있었잖아?"

"……."

맞는 말이다. 나는 안다고 생각했을 뿐, 아무것도 몰랐다.

녀석에 대해서….

"그러니까 오늘은 서로에 대해 말하지 않을래?"

"나쁘지 않은 제안이군."

"후훗. 결정."

내가 이 제안에 응한 것은 코사이지 스미레에 대해 알면 녀석에게 도달할 것 같은 가능성을 느꼈기 때문이다. …달리 실마리가 없는 이상, 거기에 매달릴 수밖에 없다는 것이, 마치 전부 이 녀석의 손바닥 위에서 놀아나는 듯해서 무섭긴 하지만.

"뭐든지 물어도 돼. 말을 꺼낸 건 나고."

"비올라는 지금까지 뭘 했어?"

녀석과는 어떤 관계야?

그 질문이 튀어나오려는 것을 참고, 나는 이쪽 질문을 택했다.

지금 코사이지 스미레의 바람은 자신을 알아 달라는 거라고 생각했으니까.

"그 질문은 아주 좋아. 나에 대해 알아 줘서 기뻐."

전에 녀석에게서도 비슷한 말을 들었는데….

방약무인하고 독설가이고 말도 안 되게 귀찮은 녀석이 아주 드물게 보이는 희미한 미소.

그 미소를 보는 것을 나는 좋아했다.

그리고 그와 흡사한 미소를 눈앞의 코사이지 스미레가 지었다.

"질문에 대한 답이라면 '아무것도 하지 않았다'가 정확해. 정말로 아무것도 하지 않고, 학교에도 가지 않았어. 그래서 낙제가 결정되었어."

코사이지 스미레로서는 원치 않은 결과였겠지.

표정을 보고 바로 알았다.

"으음, 그건 아쉽다고 생각하는데, 왜 그렇게 됐어?"

"흥미 있어?"

"…일반적인 감성으로."

기대의 시선을 보내기에 반사적으로 살짝 저항했다.

왠지 모르게 그대로 눈을 바라보고 있으면 위험하다고 판단한 나는 핫 코코아를 마시는 것으로 시선을 돌렸다. 딱 적당한 온도다.

"그럼 안 가르쳐 줘."

"서로 가르쳐 준다고 하지 않았던가?"

"그래. 그러니까 이번에는 죠로 차례야. 당신은 지금까지 뭘 했어?"

정보가 필요하면 정보를 내놓으라는 건가.

하지만 이 질문은 묘하군.

혹시 코사이지 스미레가 녀석과 한통속이었다면, 이미 내 정보 같은 건….

"내가 들은 것은 니시키즈타에 있는 친구 이야기뿐이야. 그러니까 죠로가 올해에 경험한 일은 하나도 몰라."

"그렇습니까…."

내 생각을 미리 읽은 코사이지 스미레의 말을 듣고 품은 것은 기묘한 위화감. 혹시 녀석이 처음부터 이 상황을 예상했다면, 왜 내 이야기는 전하지 않았지?

의문은 계속 늘어날 뿐이다.

"얼른 가르쳐 줘."

게다가 그 의문을 해결할 수도 없으니까 문제다.

…좋아. 가르쳐 주지.

"딱히 대단한 건… 아니, 있었나. 아마 보통 고등학생이면 겪지 않을 경험을 했어."

"예를 들면 어떤 경험?"

그 말에 나는 지금까지의 일을 떠올렸다.

"처음에 있었던 건 연애 관련 상담이었지. 어떤 두 여자에게서 한 남자와 사귈 수 있게 협력해 달라는 부탁을 받았어."

"그게 누구인지 물어봐도 돼?"

"나 이외의 개인정보를 포함하니까 안 돼."

"즉 두 여자는 히마랑 그 가게에 있던 여자 중 누군가고, 남자는 오오가네."

"알아도 모른 척해 주면 고맙겠는데?"

이러니까 에스퍼는 귀찮아.

"싫어. 난 이제 후회하고 싶지 않아. 그러니까 생각한 바, 느낀 바를 모두 죠로에게 전할 거야. 그렇게 결심했어."

"후회?"

대체 코사이지 스미레는 무슨 소리를 하는 거지?

딱히 이 녀석이 후회할 일은….

"나에게 용기가 있었으면, 내가 확실히 전했으면, 이렇게 되지 않았을지도 몰라. 중학교 때 내 힘만으로 죠로에게 마음을 전했으면…."

"……."

혹시 중학교 때 코사이지 스미레가 내게 마음을 전했다면, 나는 어떻게 했을까?

그것도 그 땋은 머리에 안경 모습이 아니라 지금 모습이었으면….

생각할 것도 없지.

그 당시의 나는 그저 귀여운 여자랑 사귀고 싶었다.

더불어서 평소에는 시끌시끌한 히마와리와 보내는 시간이 많았던 만큼, 코사이지 스미레와 보내는 차분한 시간은 아주 마음 편하고… 싫지 않아….

"죠로. 혹시 내가 중학교 때 이 모습으로 당신에게 마음을 전했으면 어떻게 되었을까?"

"…아주 기뻐하며 받아들였겠지."

핫 코코아를 한 모금. 조금 미지근해졌군….

"후후훗. 그렇구나. 가르쳐 줘서 고마워."

그 미소는 지금까지 본 코사이지 스미레의 미소 중에서 제일 예쁜 미소였다.

　제길. 대충 넘길 순 없다고 생각하고 정직하게 전했는데… 실패다.

　"그러면 나는 죠로와 연인이 되어서 같이 니시키즈타 고등학교에 다니고 있었겠네….”

　"비올라는 우리 학교에 다니고 싶었어?”

　"당연하잖아. 죠로와 히마, 그리고 오오가도 그쪽에 있으니까.”

　"그, 그럼… 왜 그러지 않았어?”

　부끄러움에 질문이 기어들어 가려고 했지만, 간신히 쥐어 짜냈다.

　중학교 때, 코사이지 스미레는 아주 공부를 잘했다.

　그러니까 시험 전에는 곧잘 나와 히마와리와 썬의 공부를 봐줬다.

　항상 학년 상위권의 우등생. 코사이지 스미레의 성적이면 니시키즈타 정도는 낙승이었을 거다.

　"나는 죠로나 히마, 썬의 곁에 있으면 안 된다고 생각했으니까.”

　무슨 소리야. 중학교 때 나는 코사이지 스미레에게 특별한 감정을 품지 않았지만, 딱히 혐오감을 가진 것도 아니다. 오히려 같이 있어서 즐거웠다.

　히마와리와 썬도 코사이지 스미레를 싫어하지 않았다.

　그런데 왜….

"정말로 마음대로 안 되네···. 혹시 중학교 때 히마가 오오가에게 마음을 품었으면···처럼 내게 유리한 생각을 하게 돼."

유일하게 안 것은 지금 상황이 코사이지 스미레에게도 좋은 게 아니라는 것뿐. 사실은 다른 미래를 예상하고 있었겠지.

"그랬으면 아주 즐거웠을 거야. 히마가 자기한테 호의를 품은 줄 알고, 설마 싶은 연애 고민 상담에 몸부림치는 죠로. 그런 죠로의 이변을 알아차리고 '이때다!' 싶어서 마음을 털어놓는 나. 그리고 둘이서 협력해서 문제를 해결하는 것을 생각하면 두근거려."

그야말로 고등학교 2학년 1학기 때 녀석과 경험한 일이로군···.

마음이 피폐해진 내게 사정없는 일격을 날리고 '비밀이 폭로되고 싶지 않다면 도서실에 와'라는 협박을 하고··· 정말로 최악의 일이자 최고의 추억 중 하나다.

"있잖아, 죠로. 당신이 경험한 것은 그것뿐?"

"아니, 그건 아냐. ···다음에 있었던 건 세 다리 의혹 사건이군."

"나란 사람이 있는데 왜 그런 일을?"

코사이지 스미레의 눈동자가 날카로워졌다.

"그 분노도 이상하다고 생각하는데!"

"나는 몸도 마음도 죠로에게 바쳤어. 이런 미소녀가 이렇게까지 해 주는데 다른 여자에게 손을 대다니, 뇌가 보통 썩은 게 아냐. 귓구멍에서 지렁이라도 나오지 않으려나?"

"그건 이미 인간으로 살아갈 수 없는 몸이야!"

이야기하면서 생각한 건데, 코사이지 스미레의 독설은 녀석보다 훨씬 날카로운 것 같다.

"그보다 실제로 세 다리를 걸친 건 아니라고!"

왜 내가 이런 변명 같은 소리를….

"그럼 자세히 들어 보고 판단할게."

목소리 톤이 무진장 무섭다. 왠지 결국 내 사정만 말하는 것 같지만, 거스를 근성이 없는 게 나의 한심한 점이다.

"니시키즈타의 사정이랑 좀 관련 있는데, 우리 학교에는 화무전이라는 댄스 이벤트가 있어. 남자 한 명이 여자 셋과 교대로 춤을 추는 이벤트야."

"나도 쇼로랑 같이 춤을 추고 싶었어…. 중학교 때 댄스 수업에서 페어가 되지 못해서 정말 쓸쓸했으니까."

코사이지 스미레가 원망 어린 표정을 했다.

중학교 댄스 수업. 그때 나는 누구랑 페어가 되었더라?

분명히 페어를 짜지 못해 난처해하는 여자가 있어서, 주위의 점수 따기를 겸해서 솔선해서 그 애랑 페어에… 응? 아니, 코사이지 스미레는 어떻게 페어를 짰지?

댄스는 남녀 페어였다. 코사이지 스미레랑 사이좋은 남자는 거의 없었고, 보통은 내가 주위의 점수 따기라는 더러운 생각으로….

"내가 오오가의 자상함에 제일 난처했던 순간이야."

그래. 썬이 코사이지 스미레와 페어를 짰다. 당시의 나는 코사이지 스미레를 돕기 위해 페어를 짜려고 했는데, 분명 그때의 썬은….

"하지만 사실은 '자상함'이 아니었어…. 내가 내 생각만 하느라고 몰라주었던 마음. 몇 번이나 알 기회가 있었을 텐데, 나는 아무것도 보지 않았어…."

그것은 코사이지 스미레의 진심에서 나온 후회의 말이겠지.

혹시 코사이지 스미레는 중학교 때 썬의 마음을 알아차리지 못했나?

그리고 어느 타이밍에 알아 버려서…. 아니, 그만두자.

이미 다 끝난 이야기니까.

얼마 남지 않은 핫 코코아를 마셨다. 이젠 다 식었군….

"이야기가 엇나갔으니까 되돌릴게."

"응. 그래 주면 기쁘겠어."

이 이야기를 이 이상 계속하는 것은 코사이지 스미레로서도 원치 않는 모양이다.

"화무전은 추첨으로 뽑힌 남자 한 명과 추천으로 뽑힌 여자 세 명이 춤을 추지. …그리고 우연히 내가 추첨에서 뽑힌 것이 계기가 되어서…."

"앞으로는 괜한 일이 일어나지 않도록, 뇌에 물리적으로 못을 박을 수밖에 없겠네…."

"하다못해 끝까지 들은 다음에 판단해 주지 않겠어?!"

설명의 서두만 듣고 말도 안 되는 소리를 꺼내는데 말이죠!

"판단했어. …즉 죠로가 화무전의 멤버로 뽑힌 것을 좋게 생각하지 않은 여자가 있었지? …아니, 정확하게는 죠로가 뽑히고 자기가 뽑히지 않은 것을 좋게 생각하지 않은 여자일까? 그리고 그 아이가 죠로와 함께 화무전에 참가하기 위해서, 당신이 세 다리를 걸쳤다는 허위 정보를 흘린 거지? 추천으로 뽑힌 다른 여자애들이 사퇴하도록."

에스퍼 능력이 장난 아냐!

독설만이 아니라 이쪽까지 녀석 이상인가….

"거기까지 알았으면 물리적으로 못을 박을 필요는 없잖아…."

"죠로, 나는 독점욕이 강해. 그러니까 다른 여자가 당신에게 연애 감정을 품는 것은 딱히 환영하지 않아."

"그렇다고 해도 내 대접이 너무 박하지 않아?"

딱히 나도 이렇게 되기를 바란 건….

아니, 기쁜 마음도 있었지만.

"어쩔 수 없잖아. 죠로에게 호의를 품은 여자라면 나와 취미가 맞는, 아주 친해질 수 있을 듯한 멋진 여자인걸. …그런 애한테 심한 짓을 할 수 없는 이상, 죠로에게 할 수밖에 없어."

"네가 참는다는 선택지는 없냐?!"

"인내는 몸에 해로워."

"네 존재가 내게 이미 독이 되거든!"

"독을 먹을 거면 접시까지…. 설마 죠로도 19세 미만에게 금지된 행위를…."

"아니니까!"

진짜 이 포지티브 싱킹은 대체 뭔데!

온갖 억지를 동원해서 자기한테 유리하게 해석을 해 대잖아!

"그보다 왜 죠로는 고등학생이 된 이후로 갑자기 인기가 생긴 걸까? 중학교 때에는 성격은 나쁘지 않지만 연애 감정을 품지 않을 정도의 인기인, 러브 코미디 주인공의 친구 정도의 입장이었잖아."

"너는 나한테 계속 상처를 주고 싶은 거냐?"

"열심히 애교 부리는 거야. 지금까지 꾹 참아 온 마음을 전부 죠로에게 던지고 있으니까. …후훗."

내 스트레스와 반비례하게 자기 행복도를 향상시키는 이 대화.

…이미 충분히 알았지만, 정말로 녀석과 똑같아….

"죠로는 또 어떤 경험을 했어?"

호기심이 흘러넘치는 코사이지 스미레의 목소리.

그 마음에 응해 주고 싶다. 그런 감성이 내 안에서 확실히 싹

텄다.

"…그 외에는… 그래, 아르바이트를 시작했군."

"왜 콩팥을 팔지 않았어?"

"왜 그 결론에 도달한 거야?!"

"아르바이트를 시작하면 나랑 보내는 시간이 줄어들잖아. 보통 거기서는 눈물을 삼키며 두 개의 콩팥 중 하나를…."

"그 정도까지 몸을 박살내겠냐! 아무튼! 사정이 좀 있어서 돈이 필요했으니까 아르바이트를 시작했어!"

"그 사정이란 건 뭘까?"

"빌린 책이 망가졌어. 그래서 새로 사기 위해 돈이 필요했어."

사실은 이 설명에 녀석의 이름을 덧붙여야 했을지도 모른다.

하지만 코사이지 스미레에게 그 이름을 말하는 것은 아직 이르다는 생각에 나는 일부러 생략했다.

"참나…. 책을 망가뜨렸으니까 새로 사 준다니, 정말로 죠로는 가벼운 결론에 도달하네. 나였으면 내 보물보다도 죠로와 보내는 시간 쪽이 훨씬 소중한 보물이니까, 분명히 반대했을 거야."

녀석도 내가 아르바이트를 시작하는 것에 맹렬하게 반대했지.

책을 새로 사 주지 않아도 된다. 그보다도 도서실에서 자기랑 보내 달라고….

결국 내가 고집을 부리며 아르바이트를 시작했지만… 그때 녀석과의 싸움은 평소의 싸움과 달리… 힘들었지….

82

"그럼 네가 아무리 반대해도 내가 고개를 끄덕이지 않는다면 어쩔래?"

분명 이 녀석이 '팬지'라면….

"물론 이 모습을 이용해서 유혹했을 거야. 죠로의 집에 가서 몰래 방에서 기다리고 있는 거야. 아니면… 그래. 죠로의 취미에 맞는 옷차림을 했을지도 몰라. 내게 최우선은 죠로니까."

"…그러냐."

생각한 그대로의 대답이 돌아와서, 점점 더 내 안의 '녀석'과 눈앞의 '팬지'가 같은 인간으로 보였다. 혹시 진짜로 녀석에게 이야기를 들었나?

그러니까 이렇게 똑같은 대답을….

"죠로. 아까도 말했지만, 나는 당신 이야기는 하나도 못 들었어. …그저 혹시 그 자리에 내가 있었으면 그런 행동을 취했을 거라고 생각해서 말하는 것뿐."

"아무 말도 안 했는데…."

"얼굴에 쓰여 있거든요. 후홋…."

그렇겠지. 알고 있었어….

"그보다 슬슬 비올라의 이야기를 들려줘."

이 이상 내 이야기를 계속하는 건 위험하다.

점점 더 코사이지 스미레와 녀석이 겹치는 것 같다.

"내 이야기라면 아까 했잖아. '아무것도 안 했다'라고."

"뭐, 그런가….."

코사이지 스미레는 거짓말을 하지 않는다.

이 말도 진실이라서, 진짜로 '아무것도 하지 않았다'는 소리겠지.

하지만… 나는 녀석과 지내면서 많은 것을 배웠어.

'팬지'는 거짓말을 하지 않는다. 하지만….

"그건 **언제부터의 이야기야?**"

진실을 진실로 감추는 여자야.

"후후… 정말로 죠로는 나를 잘 알아주네. 설마 이 정도까지 꿰뚫어 보다니 아주 기뻐."

기쁜 듯한 표정을 하는 코사이지 스미레.

마치 내가 녀석과 보내 온 시간은 지금 이때를 위해 있었던 것이라는 듯한 말이다.

아니. 그럴 리는 없어. 녀석과의 시간은 나와 녀석의 시간이다.

필사적으로 스스로에게 그렇게 말했다.

"고등학교 2학년 때부터 아무것도 안 했어."

"그럼 고1 때의 이야기를 들려줘."

"죠로처럼 자극적인 경험은 별로 없었어. 중학교 때와 비슷하게 도서위원을 맡아서 평범하게 보냈을 뿐이야."

코사이지 스미레가 도서위원을 맡았다는 건 예상했다.

본인도 말했지만, 중학교 때도 코사이지 스미레는 계속 도서위원을 맡았으니까.

그렇다고는 생각했지만… 역시 많이 비슷하군.

"**별로**라고 말하는 걸 보면 조금 정도는 자극적인 경험이 있었어?"

"그래. 혼자가 아니라 다른 도서위원들과 함께 도서실에서 보냈으니까, 내게는 조금 자극적이었어."

그러고 보면 중학교 때의 코사이지 스미레는 항상 혼자 도서실에 있었지.

하지만 고등학교 때부터는 그렇게 되지 않았다.

"친구는 있었어?"

"그래, 물론."

다소 자랑스러운 듯한 태도로 코사이지 스미레는 그렇게 대답했다.

그 말을 들어서 다행이야. 그러면….

"그 녀석은 같은 학교 학생이야?"

전에 녀석은 '중학교 시절에는 다른 학교에 친구가 있었다'라고 내게 말했다.

혹시 그 상대는….

"후훗. 정말로 대단해. 이렇게 이야기만 해도 점점 죠로를 좋아하게 되잖아."

"돼, 됐으니까 얼른 말해 봐…."

괜한 옵션을 추가하는 건 제발 사양해 줘….

"제일가는 친구는 다른 학교 아이. 구립 도서관에서 만나서 친해졌어."

역시 그렇군.

간신히… 정말로 간신히 녀석에게 도달할 수 있었다.

코사이지 스미레와 녀석은 중학교 때 만나서 친구가 되었다.

"그럼 그 친구에 대해 말해 줘."

"죠로, 그건 나에게 흥미를 갖고 묻는 걸까? 아니면 내 친구에게 흥미를 갖고 묻는 걸까?"

"윽! 그, 그건….”

이런…. 지금은 코사이지 스미레에 대해 알아야만 하는데, 녀석의 모습이 조금 보인 순간 나는….

"이번만 눈감아 줄게. 하지만 다음에는 진짜 화낼 거야."

"미안해….”

도달했다고 생각했는데 또 멀어졌나….

어쩔 수 없지. 다시 코사이지 스미레의 고교 1학년 때의 이야기를….

"다른 학교의 친구 말인데….”

"아니, 말해 주는 거냐!"

설마 싶은 자상함이 튀어나왔다!

"물론이야. 나에게 아주 소중한 친구인걸. 꼭 죠로도 들어 줘."

"으, 음….."

녀석이라면 자기에게 불리한 이야기일 경우 '말하고 싶지 않으니까 말 안 할래'라는 난폭한 의론으로 최종적으로 입 다물게 하는데, 코사이지 스미레는 다른 모양이다.

하지만 정말로 그럴까? 이 화제는 코사이지 스미레에게 불리하다고도 할 수 있는 내용이다.

그걸 말한다면, 혹시 코사이지 스미레는 자기가 다니고 있는 고등학교를….

"이름은 말할 수 없지만, 아주 예쁜 여자애였어."

역시 녀석이다.

코사이지 스미레도 내가 누구 이야기를 들으려 하는지 알기에 일부러 이름을 말하지 않는 거겠지.

"내 인생에서 그 아이보다 예쁜 여자는 아직 만난 적 없어. 하지만 아주 한심한 아이였어."

"한심해?"

"그래. 하고 싶은 말을 하지 못하고, 그저 겁먹고 한탄할 뿐인 아이. …하지만 그 모습이 예전의 나와 겹쳐서, 그녀랑은 친구가 될 수 있다고 생각했어."

내가 아는 녀석은 하고 싶은 말은 확실히 하고 불평을 해 대는 여자다.

하지만 그건 고등학생 때의 녀석이고….

"친해진 이후로 일주일에 한 번은 반드시 만났어. 그녀의 고민을 들어 주고, 내 고민도 들려주고, 정말로 서로를 잘 이해했다고 생각해."

"비올라는 어떤 고민을 말했어?"

"물론 죠로 문제야."

"내 문제라니…."

직접 듣고 보니 아주 낯간지럽군….

"정말로 고민했는걸. 혹시 나 이외의 여자가 죠로의 매력을 알아차리면 어쩌지? 나 이외의 여자가 죠로와 연인이 되면 어쩌지, 라고…."

즉 녀석은 나를 이전부터 알고 있었다는 소린가?

하지만 그런 기색을 보인 적은 한 번도….

"그나마 죠로가 중학교 시절에 취했던 작전이 바보짓이었으니까 다행이었지만…."

"조용히 나를 상처 주는 짓 좀 안 하면 안 될까?!"

"혹시 죠로가 진짜로 연인을 만들고 싶었으면 확실히 한 사람으로 좁혀서 당당히 어필하면 좋았을 거야. …라고 해도 죠로는 연인을 만들고 싶다기보다는 '여러 미소녀에게 사랑받는 것'이 목표였지만."

"그만! 정말로 창피하니까 그만!"

바로 그렇습니다만! 되고 싶었다고! 러브 코미디의 주인공이!

"하지만 실제로 그렇잖아? 더불어 말하자면 '누군가에게 상처 주지 않기 위해' 본성을 숨긴 것도 있지?"

"윽! 그, 그것까지 알았나…."

내가 본성을 숨긴 이유는 두 가지.

하나는 여자들에게 인기를 끌기 위해. 그리고 또 하나가… 초등학생 때의 실패 때문이다.

"그래, 알아차린 건 중학교 2학년이 된 이후지만. 1학년 때는 정말로 그저 여자에게 인기를 끌기 위해서 '약자'를 가장하는 산업폐기물이라고 생각했어."

"너 진짜로 나 좋아하는 거 맞냐?"

"물론이야. 중학교 1학년 때 여름 방학 이후로 계속 좋아해."

왜 그 타이밍이지? 여름 방학이라면 딱히….

"중학교 1학년 때의 지역 대회 결승전. 그날은 나에게 둘도 없이 특별한 날이야."

"나왔다, 특이점! 또 그거냐! 아니, 정확하게는 조금 다르지만!"

"죠로, 당신은 무슨 소리를 하는 거야?"

"으, 으음, 여러 가지 일이 있어서 '지역 대회 결승전'이라는 단어와 '벤치'에 과도한 반응을 보이는 몸이 되었어. …아! 말해 두는데, 절대로 벤치에는 앉지 마! 이것만큼은 반드시 지켜! 아니, 지켜 줘! 제발!"

"애초에 카페에 벤치 같은 게 어디…."

"녀석을 얕보지 마! 그 어느 때, 어떤 장소에라도 녀석은 나타나!"

"아, 알았어…."

내 기세가 워낙 험악했기에 코사이지 스미레가 다소 움츠러들었다.

"그래서 그 친구랑은 계속 만났어?"

"그래. 중학교 때는 물론이고 고등학생이 된 뒤에도 매주 일요일은 '그녀'와 보내는 시간. 그날이 1주일 중 내게 제일 즐거운 날이었어."

"매주 일요일에 반드시?"

"그래. 매주 일요일에는 반드시."

이상하지 않아? 나는 녀석과 지내는 동안 일요일에도 만난 적이 있었다.

혹시 녀석과 코사이지 스미레가 매주 일요일에 만났다면….

"서로 많은 영향을 주고받았겠지. 곧잘 '그녀'에게 '당신 때문에 나까지 입이 험해졌어'라는 불평을 들었어. 나는 '그녀'가 내 모습을 흉내 낸 것이 계기라고 생각했지만, 그것만큼은 절대로 인정하지 않아. …후훗."

"…그러냐."

내가 원하던 답에는 아직 도달하지 못했다.

하지만 코사이지 스미레의 이야기를 통해 녀석에 대해 조금씩 이해할 수 있었다.

분명 녀석의 그 성격의 근간에 존재했던 것은,

"슬슬 나에 대해 이해해 주었을까?"

지금 눈앞에 있는 코사이지 스미레겠지….

그리고 보면 1학기가 끝날 즈음에 내가 '땋은 머리에 안경이 된 건 호스에게 들키지 않으려는 거였어?'라고 물었더니 '그게 전부는 아냐'라고 대답했었지.

분명 다른 이유는….

"뭐, 나름대로는."

처음에는 코사이지 스미레가 일부러 녀석과 비슷하게 구는 게 아닌가 의심했다.

하시만 그게 아니다. 이 두 사람은 정말로 비슷하다. 물론 용모는 다르다.

두 사람 다 엄청난 미인이라는 공통점은 있지만, 전혀 다른 외모다.

다만 성격이나 사고방식은… 거의 똑같다.

"그럼 다음 스텝으로 나아가 볼까."

"다음 스텝?"

그 앞에 녀석이 기다리고 있나? 말이 목젖까지 치밀었다가 멈추었다.

"그래. 벌써 이런 시간이잖아? 그러니까 오늘은 여기까지로 해."

"다음 스텝으로 가기 전에 종료했습니다만?!"

아니, 뭐, 분명히 이미 저녁 8시지만!

늦냐 아니냐를 따지자면 미묘하잖아! 고등학생으로서는 늦지만!

"안심해. 분명히 다음 기회가 있으니까."

"…내일도 만날 수 있다고 하는 건 아니겠지?"

"맞는데. 내일부터 말일까지 매일 나랑 보내 줘."

"오히려 악화되었어! …아니, 왜 말일까지인데?"

"그날이 내 생일이니까."

"…진짜냐."

우연이란 참 무시무시하군. 설마 생일까지 녀석과 똑같다니….

"…아무리 그래도 거기까지 매번 예정을 생각하는 건 어렵지 않아?"

"예정은 미정인 편이 멋지지 않아?"

"어떻게 될지 알 수 없는 건 별로 환영하고 싶지 않아."

"죠로와 내가 러브러브하는 결과는 정해져 있는데?"

"한층 더 환영하고 싶지 않아졌어!"

"정말이지 부끄럼도 많다니까."

왠지 또 몸을 굼실대기 시작했다.

외모는 멋진데 움직임이 묘하게 촌스러워서 참 안타깝다.

"그럼 이렇게 하자."

"어떻게?"

"고등학교 2학년이 된 뒤로 죠로가 경험해 온 것을 내게도 경험하게 해 줘. 같은 추억을 당신하고 만들고 싶어."

"같은 추억이라니…."

대체 누구랑 같은 추억을…이라고 물을 것도 없나.

"아무리 그래도 완벽하게 똑같이는 안 될 텐데…."

"괜찮아. 어디까지나 비슷하게 할 수 있으면 그만일 뿐이야. 그런고로 내일은 둘이서 도서실에 가자."

"니시키즈타에?"

"언젠가 가고 싶다고 생각하지만… 일단은 구립 도서관부터 가자."

"왜 그런 장소에…."

"거기가 우리에게 시작의 장소니까."

"……."

"어때? 조금은 가고 싶어졌지?"

정말로 이 녀석은 나를 손바닥 위에 올려서 가지고 노는 데에 뛰어난 녀석이다.

그런 말을 들으면….

"알았어."

거절할 수 없어지잖아.

"후훗. 고마워."

처음은 코사이지 스미레에게 시작의 장소인 구립 도서관. 거기에 둘이서 가는 것은… 나와 녀석이 보내 온 도서실의 추억을 경험하고 싶다는 의도도 있겠지.

"하지만 말일은 나만의 특별한 날로 해 줘. 가능하면 열렬한 입맞춤을 희망해."

"말도 안 되는 소리 마."

"어머? 19세 미만에게 금지된 행위보다는 간단하다고 생각했는데?"

"애초에 비교 대상이 이상해."

"아쉬워라. 하지만 꼭 해 내고 말 거야. 죠로는 나에게 키스를 해. 이건 정해진 거니까. …후훗."

"시, 시끄러…. 집에 갈 거면 얼른 가."

무엇보다 코사이지 스미레의 얼굴을 똑바로 바라보는 게 창피해진 나는 서둘러 일어나서 카페 출구로 향했다.

"후훗. 여전히 부끄러움도 많다니까."

※

"일부러 역까지 바래다주다니 다정하네."

"그 이유를 이해해 준다면 기쁘겠어."

"알고 있어. 나와의 러블리 타임을 조금이라도 연장하고 싶었던 거구나."

"네가 카페를 나오자마자 내 손을 붙잡고 안 놔 주니까 그렇지!"

처음부터 이럴 생각이 가득했던 주제에, 영문 모를 촌스런 시간으로 돌입하지 마.

"그럼 내가 손을 안 잡았으면 역까지 안 바래다줬을 거야?"

"…아마도."

거짓말이다. 가령 손을 잡지 않았다고 해도 나는 코사이지 스미레를 역까지 바래다주었겠지.

무엇 때문에? 녀석의 힌트를 조금이라도 손에 넣기 위해? 코사이지 스미레와 함께 있기 위해?

이런…. 점점 나 자신도 알 수 없어지기 시작했다.

"여전히 솔직하지 않다니까."

"시끄러."

"하지만 그런 면도 좋아해."

"더 시끄러."

정말로 어쩌면 좋다?

결국 오늘 하루 종일 코사이지 스미레에게 휘둘리고, 이렇다 할 진전은 없다.

이런 걸 보면 내일도….

"내일은 둘이서 도서관에 가는 거야. …기대하고 있어. 내 나름대로 죠로를 기쁘게 할 일을 많이 해 줄 테니까.”

“나를 위한 거라기보다는 스스로를 우선한다는 기분밖에 안 드는데.”

“후훗. 그럴지도 몰라.”

크리스마스이브. 본래 곁에 있어야 할 녀석이 아니라 코사이지 스미레가 곁에 있다.

그런데 함께 보내는 시간의 감각은 녀석과 똑같고….

“즐거운 시간은 순식간에 지나가네. 벌써 역에 도착했어.”

“그래.”

“그럼 죠로. 내일 봐.”

잡고 있던 손을 놓더니 역 안으로 사라지는 코사이지 스미레.

감촉이 사라질 때 느낀 아쉬움을 조금이라도 희석하기 위해서, 나는 그 모습이 보이지 않게 될 때까지 계속 바라보았다.

혹시 이대로 말일까지 녀석과 만날 수 없다면….

“완전히 끝장일지도 몰라….”

그런 예감이 내 안에서 확실히 생겨났다.

【우리의 미래】

청천벽력이라고도 할 수 있는, 비올라와의 만남으로부터 2년.

우리는 중학교 3학년이 되었다.

2년 동안 키사라기와 비올라의 관계는 커다란 전개를… 맞았으면 좋았겠지만, 세상은 그렇게 간단하지 않다. 최대의 성과는 '시험 전에 같이 공부하게 되었다' 정도고, 키사라기와 비올라의 관계는 (비올라 왈) 사이좋은 친구 레벨이다.

정말로 연애 면에서 비올라는 한심하기 그지없다.

내가 '당신의 진짜 모습을 보이면 잘되지 않을까?'라고 제안해도 비올라는 '외견이 아니라 내 내면을 좋아해 주었으면 한다'라는 그럴싸한 변명을 한 뒤에 '어쩌면 계속 모두를 속인 거라고 생각해서 싫어하게 될지도 몰라…'라는 기우와도 같은 본심을 털어놓았다.

조금이라도 마이너스가 될 요소가 있다고 판단하면 비올라는 절대로 행동하지 않는다.

그런 그녀의 진전 없는 연애 이야기를 듣기 시작한 지 2년. 키사라기의 이야기를 듣기 시작한 지 2년.

나는 한 번도 만난 적 없는데, 키사라기에 대해 기묘한 친밀감을 품고 있었다.

하지만 그런 그의 모습은 상상 속으로만 그려 왔을 뿐이다.

나는 아직 키사라기와 만난 적도, 사진으로 그 모습을 본 적도 없으니까.

히나타나 오오가의 사진은 본 적이 있다. 아주 밝고 사랑스러운 여자애와 운동을 잘하는 듯한 씩씩한 남자애였다. 하지만 키사라기는 상상뿐.

'왜 키사라기의 사진은 보여 주지 않아? 걱정이 너무 심한 거 아냐?'

'고등학생이 되었을 때, 최초의 즐거움은 필요하잖아?'

심술이나 질투가 아니라 본심으로 비올라는 그렇게 말했다.

그렇게 허들을 올려 대면 키사라기가 가엾잖아. 정말로 어쩔 수 없는 사람이네.

하지만 용서해 줄게.

이제 곧 우리는 중학교를 졸업한다.

그리고 고등학생이 되면 나와 비올라는 니시키즈타 고등학교에 다닌다.

분명 거기에는 키사라기나 히나타, 오오가가 있고… 비올라는 역시 키사라기에게 솔직한 마음을 털어놓지 못한 채 축적된 불만을 내게 폭발시키겠지.

그런 키사라기와 비올라의 아담한 러브 코미디를 나는 '친구 A'라는 입장에서, 가까이에서 지켜본다. 상상만 해도 가슴이 뛰는, 아주 멋진 미래야….

꽃

중학교 3학년 10월, 셋째 주 월요일.

그날 비올라에게 연락이 왔다. 지금 자기 집에 와 달라고.

시각은 저녁 6시 30분. 딱 학교가 파한 뒤.

나와 비올라는 매주 일요일에 반드시 만나지만, 때때로 이렇게 평일에 만날 때도 있었다.

그럴 때는 반드시 비올라에게 무슨 일이 있었던 날.

본인에게는 중대사겠지만, 내게는 사소한 내용이 많았다.

키사라기와 평소보다 많이 이야기했다, 키사라기가 다른 여자랑 친하게 지냈다, 키사라기가 (비올라가 보기에) 멋진 일을 해 주었다.

그때마다 다양한 감정을 폭발시키는 비올라.

우리는 정말 많이 비슷하지만, 이것만큼은 명확히 다르다.

비올라는 나보다도 감정적.

언젠가 나도 그녀처럼 감정을 폭발시켜 보고 싶다는 동경을 남몰래 품고 있다.

어떤 감정이든지 마음을 그대로 드러내는 비올라는 정말 매력적이니까.

자, 오늘은 대체 내게 무슨 이야기를 하려는 걸까? 라는 의문을 평소라면 갖겠지만, 오늘만큼은 짐작이 갔다.

어제, 일요일에 비올라와 이야기했으니까.

'오오가에게 마음을 밝히고 협력을 얻는다.'

계기는 내 말.

2년 동안 소걸음보다도 굼뜬 진전밖에 없는 키사라기와 비올라의 관계에 안달이 난 내가 '이제 곧 중학교도 졸업이잖아. 이 관계 그대로 니시키즈타에 진학하면, 내가 키사라기를 좋아하게 될지도 몰라'라고 말했다.

물론 그럴 생각은 요만치도 없다. 어디까지나 비올라를 부채질하기 위한 말.

그런 생각을 알아차리긴 했겠지만, 그래도 감정에 거스를 수 없는 것이 비올라다.

내 작전은 대성공. '그렇다면 내일이라도 행동에 옮기겠어!'라고 선언했다.

다만 아무래도 연애 쪽으론 겁 많은 것이 비올라다.

분명 본래 모습을 보이고 고백할 줄 알았더니 '오오가에게 내 마음을 밝히고 협력을 얻겠다'라고 했으니까.

…솔직히 말하자면 조금 불안하긴 했다. 이전부터 비올라는 키사라기에게 직접 말하기를 부끄러워한 나머지 오오가에게 의존하는 경향이 있었으니까.

그건 안 좋은 오해를 부를 가능성이 있다. 몇 번이나 느꼈던 바다.

특히나 마음에 걸린 점은 비올라네 중학교에서 있었던 댄스 수업.

'남녀 페어고, 아무와도 조를 짜지 못한 나를 죠로는 가만 놔두지 않을 거야!'

어떤 의미로 정답이고, 어떤 의미로 오답인 비올라의 한심한 작전은 예상 밖의 형태로 실패했다.

오오가가 비올라에게 댄스 페어를 제안한 것이다.

그것도 그냥 제안한 게 아니다.

여자들이 몇 명이나 말을 붙이는데도 불구하고 모두 거절하고 비올라와 페어를 짰다.

이때도 나는 '혹시나…' 싶은 마음에 비올라에게도 전했지만, 작전에 실패한 비올라에게서는 '그냥 마음을 써 준 것뿐이야'라는 뚱한 대답이 돌아왔다.

그러니까 나는 그 말을 믿을 수밖에 없었다.

아무리 그녀와 우호관계를 쌓았더라도 나는 외부인이다.

키사라기도, 히나타도, 오오가도, 비올라에게서 들은 이야기로밖에 모르는 이상, 일정 범위까지밖에 개입할 수 없다.

고등학생이 되면 나도 그 사이에 낄 수 있지만…. 그런 불만을 품은 적은 몇 번 있었다.

하지만 그런 불만도 이제 끝이다.

언제까지고 걱정만 하지 않고, 간접적이더라도 한 발 앞으로 나아간 그녀를 봐 줘야 한다.

오늘의 비올라는 어떤 상태로 나타날까?

협력을 얻어서 기뻐하는 모습일까, 실패해서 뚱한 모습일까, 아니면 화내며 나타날까? 가능하면 세 번째는 피했으면 해. 그런 비올라는 너무 귀찮아.

그런 생각을 하면서 그녀를 맞았는데….

"어떻게 해! 어떻게 해, 팬지!"

본 적 없는 비올라가 나타났다.

"내가 잘못 알고 있었어! 내가 상처 입혔어! 내가 망가뜨렸어! 어쩌지… 어떻게 해?!"

비올라는 울고 있었다. 이미 눈물을 흘리기 시작한 지 시간이 꽤 지난 모양이다.

평소의 예쁜 눈동자가 새빨갛게 되었고, 눈 주위가 부어 있었다.

"지, 진정해, 비올라. 무슨 일이 있었는지 가르쳐 줘."

말로는 간신히 냉정함을 지키고 있었지만, 내 마음도 흔들리고 있었다.

…안 좋은 예감이 들었다. 부디 예감이 틀렸으면.

그렇게 빌었지만….

"오오가가… 오오가가 좋아하는 사람은, …나였어."

그 바람은 이루어지지 않았다.

"우우우…! 아, 알았어야 했어! 더 제대로 오오가를 봐야 했어! 그런데 나는 죠로만 보느라… 전혀 몰라주고, 팬지가 말해도 아니라고만 하고…."

내 몸을 힘껏 껴안고 얼굴을 내 가슴에 묻는 비올라.

전해져 오는 떨림이 내게도 전염되어서, 내 몸까지 떨리기 시작했다.

보이기 시작했기 때문이다. 나로서는 가장 피하고 싶은 미래가.

싫어… 그런 건 싫어…. 제발, 그러지 마….

"어, 어떻게, 알게, 되었어?"

사실은 묻고 싶지 않다. 하지만 묻지 않을 수 없다.

괜찮아, 그냥 기우야. 게다가 이 질문만으로는 최악의 미래에 도달하지 않아.

필사적으로 빌었다.

"오, 오오가에게 말해 봤어…. '죠로를 좋아하니까 협력해 줘'라고…."

"협력을 거절당한 건 아니지?"

비올라가 내 품 안에서 고개를 끄덕였다.

"협력해 준다고 했어. 하지만… 하지만, 그때 오오가의 표정이…."

아하, 역시 그렇구나….

"웃고 있었어…. 아주 슬픈 미소로… 아주 후회하는 미소로…."

오오가 나름대로 필사적으로 자기 마음을 숨기려 한 거겠지.

비올라가 바라는 남자를 연기하려고 한 거겠지.

하지만 완전히 숨길 수 없었다. 넘쳐나고 말았다.

자기 안에 생겨난 새로운 감정을.

"괘, 괜찮아, 비올라…. 오오가는 협력해 준다고 했잖아? 당신은 항상 자기중심으로 행동했잖아. 그러니까 이번에도…."

"그럴 수 없어!"

비올라가 외쳤다.

알고 있었다…. 알고 있으면서도 나는 이 말을 택했다.

오오가를 위한 것도, 키사라기를 위한 것도, 비올라를 위한 것도 아니라, …나를 위해서.

내가 가장 혐오하는 미래를 피하기 위해서.

"오오가는 아주 착한 사람! 죠로에게 가장 소중한 사람! 그런 사람과 죠로의 인연을 내가 망가뜨렸어! 죠로의 가장 소중한 인연을 내가 망가뜨렸어!"

"그, 그럼… 두 사람의 인연을 원래대로 되돌리자. 괜찮아, 아직 시간은 있어…."

지금은 10월. 아직 넉 달이 남았다. 고등학교 입시까지 아직 넉 달이 남았다.

그러니까….

"어떻게?"

비올라의 단적인 말에 대답할 수가 없었다.

나에게 친구라고 할 만한 존재는 비올라밖에 없다.

인간관계에서는 완전히 초보다.

하지만 생각해야만 한다. 반드시 답을 도출해야만 한다.

생각해, 생각해, 생각해, 생각해. 반드시 방법은 있을 거야.

심호흡을 했다. 마음은 아직 진정되지 않았다.

"내, 내가 키사라기와 오오가를 만나면 어떨까? 조금 거친 방법이지만, 오오가의 마음을 키사라기에게 잘 전하면 혹시나….."

"지금까지 만난 적도 말을 나눠 본 적도 없는 당신이 갑자기 그런 말을 해도 혼란스러울 뿐이야."

맞는 말이다. 나는 외부인. 키사라기가 어떻게 생겼는지도 모르고, 오오가나 히나타도 비올라가 사진을 보여 줘서 아는 정도다.

그런 내가 뜬금없이 나타나서 '생각하는 바를 솔직히 전하는 편이 좋아'라고 말해 봤자 혼란만 생겨날 뿐. 알고 있었다, 알고 있었어….

"솔직히 키사라기에게 마음을 전하는 건 어떨까? 마음을 하나씩 정리하는 기회를 만들면 어쩌면….."

"아까 그럴 수 없다고 했잖아…. 죠로와 오오가의 인연이 망가진 채로, 나만 내가 하고 싶은 대로 구는 건… 절대로 불가능

106

해.”

있지도 않은 희망에 매달리는 것도 당연히 실패한다.

혼란스러운 머릿속으로 나는 앞으로의 전개에 대해 예측을 세웠다.

분명 오오가는 비올라를 위해서, 키사라기와 비올라가 연인 관계가 될 수 있도록 협력해 주겠지.

가슴속에 휘몰아치는 마음에 괴로워하면서도.

하지만 아무리 오오가가 협력해 준다고 해도, 비올라가 키사라기에게 마음을 전하는 일은 없다.

키사라기의 가장 소중한 인연을 망가뜨린 채로, 자기 마음에 충실할 수는 없으니까.

그녀에게 최우선 사항. 그것은 '키사라기와 오오가의 인연을 원래대로 되돌리는 것'.

어떻게? 비올라가 할 수 있는 일이라고는 하나도 없다.

이 문제에서 제일 중요한 것은 비올라의 마음이다.

그녀의 마음이 키사라기를 향하는 이상, 오오가는 계속 괴로워한다.

다 알고 있다…. 그래도 뭔가 생각할 수밖에 없다. 뭔가 제안할 수밖에 없다.

서둘러서… 서둘러서 다음 방법을 생각해. 비올라가 깨닫기 전에….

"……!"

비올라의 몸이 흔들렸다.

"딱 하나…. 딱 하나, 떠올랐어…."

"…안 돼. …안 돼. …그것만큼은 절대로 안 돼!"

나 자신의 감정의 폭발. 언젠가 비올라처럼 감정적이 되고 싶다고 생각했다.

그 동경은 최악의 타이밍으로 실현되었다.

스스로의 무력함을 한탄하듯이, 다가오는 미래를 거절하듯이, 나는 외쳤다.

"안 돼! 그 방법은 안 돼! 비올라, 얼마 안 남았어! 조금만 더 있으면 우리는 중학교를 졸업하고 같은 고등학교에 갈 수 있어! 나와 당신이 니시키즈타 고등학교에….."

"미안해, 팬지!"

역시 그렇구나….

"나는 니시키즈타 고등학교에는 안 가….."

너무 거창한 생각이고, 보통은 이런 결론에 이르지 않겠지.

하지만 나와 비올라는 비슷하다. 그렇기에 알았다.

설령 지나친 생각이더라도, 비올라가 이 결론에 도달할 것을….

"내가 없으면 돼. 내가 멀어지면 두 사람의 인연은 이 이상 악화되지 않아. 내가 곁에 없으면 언젠가 오오가도 나를 잊을 거야. 인연은 일그러진 채일지 모르지만, 박살나지는 않아. 그러니까 내가 니시키즈타 고등학교에 가면 안 돼."

"지, 지나친 생각이야, 비올라. 그 정도까지 하지 않아도 돼. 그러니까⋯."

"나는 안 돼⋯. 알아 버렸어⋯. 나는 내 마음밖에 생각하지 않아, 남의 마음을 몰라, 생각하는 일도 없어. ⋯하지만 죠로는 달라. 그는 항상 주위 마음을 생각하고, 자기 마음보다도 남의 마음을 우선하는 사람. 이런 내가, 남의 마음을 생각할 수 없는 내가, 그의 곁에 있으면 안 돼."

"그렇지 않아. 비올라는 나를 도와주었잖아. 당신이 있어 준 덕분에⋯."

"이해가 일치했을 뿐이야⋯. 나는 친구가 필요했으니까 당신과 친구가 되어있어. 내게 여유가 있었으니까 당신을 도왔어. 하지만 죠로는 달라. 설령 자기에게 여유가 없더라도, 아무리 자기가 괴롭더라도 누군가를 도울 수 있어⋯."

마치 나와 비올라의 우정까지 부정당한 듯한 기분이 들었다.

설령 그렇다고 해도 나를 도와준 사실은 변하지 않는데.

정말로 감사하고 있는데⋯.

"나는 죠로를 좋아해. 죠로가 괴로워하면서도 남을 돕는다면, 나는 그런 죠로를 돕고 싶어. 죠로에게 폐를 끼치기 싫어⋯."

어째서? 어째서 키사라기 때문에 비올라가 참아야만 해?

비올라, 평소처럼 자기 고집을 부려. 당신은 그런 사람이 아니야.

방약무인하고, 자기 사정만 생각하는 사람이잖아.

"그러니까 나는 토쇼부 고등학교로 갈 거야."

"······!"

정말로 최악의 미래다.

토쇼부 고등학교. 이 근처에서 명문으로 알려진, 학력이나 스포츠에서 우수한 성적을 거둔 학생이 입학하는 고등학교. 레벨이 높은 학교지만, 비올라의 성적이라면 문제없이 합격할 수 있겠지.

나도 조금 노력이 필요하겠지만, 어떻게든 될 것이다.

하지만 토쇼부 고등학교에는 있다.

작년에 우리 중학교를 졸업한, 나를 아는··· 사쿠라바라 모모 선배가.

그리고 아마도 내년에는 내가 가장 피하고 싶은 상대인 하즈키나 그 주위의 사람들도 토쇼부 고등학교에 들어가게 되겠지. 그들의 대화를 들어 보면 그렇게 추측하기란 쉬웠다.

즉 나로서는 가장 피해야 하는 고등학교. 결코 가서는 안 되는 학교.

비올라는 그걸 알면서도 토쇼부 고등학교를 택했다.

그 이유는····.

"부탁이야, 팬지. 니시키즈타 고등학교에 가서···. 죠로와 오오가의 인연을 원래대로….”

모두 키사라기를 위해서다.

“나로서는 할 수 없으니까, 나로서는 원래대로 되돌릴 수 없으니까…. 당신한테밖에 부탁할 수 없어.”

“…싫어.”

왜? 왜 내가 그런 짓을 해야만 해?

나는 고등학생이 되면 비올라와 같은 학교에 다닐 거야.

둘이서 도서위원을 하면서, 매일 비올라와 도서실에서 보내.

여전히 키사라기에게 솔직해질 수 없는 비올라를 격려하고… 간신히 비올라가 키사라기와 연인이 되고, 그런 두 사람을 나는 웃으면서 바라보는 거야.

아니, 나만이 아냐….

나와 비올라, 둘이서 용기를 내 다른 이에게 말을 걸고, 많은 이들과 친구가 되는 거야.

그렇게 친해진 이들과 모여서 다 함께 점심을 먹어.

식사가 끝나면, 내가 만들어 온 과자를 나눠 주고, 키사라기가 맛있게 먹는 것을 보고 비올라가 토라지고…. 그런 멋진 미래….

그러니까 니시키즈타 고등학교에 비올라가 없으면 안 돼. 비올라가 없으면 안 돼.

“비올라랑 같이 있고 싶어.”

소원은 말이 되어 넘쳐났다.

나는 비올라와 함께 있고 싶다. 설령 하즈키나 주위 사람이 있더라도, 본래 취하려던 작전을 쓸 수 없게 되더라도 비올라와 함께 있고 싶다. 그러니까,

"나도 토쇼부 고등학교에 갈게. 니시키즈타 고등학교에는….."

"괜찮아. 니시키즈타 고등학교에는 죠로와 오오가만이 아니라 히마도 있어. 히마는 아주 멋진 여자애야. 분명 당신도 친해질 수 있어."

"비올라가 없으면 의미가 없어…. 나는 비올라랑 같이 있고 싶어…."

"…미안해. 약속했으면서… 약속을 깨서… 미안해…."

왜 내 소원은 이뤄지지 않는 거지?

왜 비올라의 소원은 이뤄지지 않는 거지?

그저 소중한 이와 같은 학교에 다니고 싶을 뿐.

그런 간단한 소원조차도 이룰 수 없어?

나도 비올라도 충분히 안 좋은 경험을 해 왔잖아.

그런데 왜….

"……."

내 마음이 일그러지는 것이 느껴졌다. 내 안에 독이 생겨났다.

나도 비올라도 가장 곁에 있고 싶은 사람의 곁에 있을 수 없다.

그 원인은 모두 키사라기 아마츠유다.

"팬지, 부탁할게. 니시키즈타 고등학교에….”

괜한 역정이란 것은 안다. 부조리한 마음이란 것은 안다.

그래도 나는 키사라기 아마츠유를 용서할 수 없었다.

그가 비올라의 마음을 알아주었으면 이렇게 되지 않았다.

그가 비올라를 봐 주었으면 이렇게 되지 않았다.

나에게 최고의 미래를 없애 버리고 최악의 미래를 맞게 한 키사라기 아마츠유.

지금까지 나는 많은 남자에게 혐오감을 품어 왔다. 하지만 키사라기 아마츠유를 향한 감정은 다르다.

증오다.

"정말로… 괜찮은 거지?”

"그래. …부탁이야, 팬지.”

비올라의 몸이 이 이상 떨리지 않도록, 비올라의 마음이 이 이상 상처 입지 않도록, 나는 다정히… 부드럽게 비올라의 몸을 껴안았다. 하지만 거기에는 또 하나의 의도가 있었다.

지금 내 얼굴을 비올라에게 보여 주지 않기 위해, 나는 그녀를 껴안았다.

용서 못해…. 내 소중한 친구를 이렇게 슬프게 만들고서, 본인은 그런 걸 전혀 모른 채 편안한 일상을 보내고 있다니, 절대로 용서 못해.

친해지기는 무슨.

당신 같은 사람을 비올라가 좋아한 건 그냥 실수야.

그러니까 내가 도와줘야 해. 내가 비올라를 지켜야 해.

그러기 위해서….

"나는 니시키즈타 고등학교에 가겠어."

그렇게 결의했다.

나의 소중한, 세계에서 가장 소중한 친구를 상처 입힌 키사라기 아마츠유. 괴롭힌 키사라기 아마츠유.

그런 남자가 비올라에게 사랑받을 가치 따위 있을 리 없다.

오오가와의 인연? 비올라를 이렇게 슬프게 만들고, 자기만 아무것도 모른 채 소중한 것을 지킬 수 있다는 건 불공평해.

그러니까 망가뜨리겠어. 키사라기 아마츠유에게 가장 소중한 오오가 타이요와의 인연을 철저하게 파괴하겠어.

두 번 다시 원래대로 되돌릴 수 없을 정도로 박살내 주겠어.

"고마워…."

평소라면 알아차렸겠지만, 혼란에 빠진 지금의 비올라는 내 마음속을 알아차리지 못했다.

이 와중에 유일하게 일어난, 자신에게 유리한 전개에 가슴을 쓸어내렸다.

"후후…. 마음 두지 않아도 돼. 내가 비올라에게 많은 도움을 받았으니까. 그러니까 이건 하나의 보은이야."

나는 제대로 웃고 있을까? 나도 내 마음을 모르겠다.

"정말로, 미안해…. 미안해, 미안해, 미안해, 미안해, 미안해…."

내 품 안에서 계속 사과하는 비올라.

그건 대체 누구에 대한 사죄?

내 안의 독이 비올라에게 그렇게 물은 듯했다.

독에 잡아먹히지 않도록 마음을 단단히 먹고, 그 감정에 따라서 비올라를 껴안았다.

괜찮아, 비올라. 당신은 아주 매력적인 여자인걸.

키사라기 아마츠유처럼 무신경한 남자와 연인이 되지 않아도 더 멋진 사람과 만날 수 있어.

나를 좋아하는 건
너 뿐이냐

나는 알 수 없어진다

제 **3** 장

12월 25일.

본래 예정되어 있던 크리스마스이브와는 전혀 다른 하루를 보낸 나는 다음 날인 크리스마스에도 코사이지 스미레와 만났다.

"메리 크리스마스. 죠로."

"그래. …비올라."

오후 1시. 구립 도서관 앞에서 나를 웃으며 맞아 주는 코사이지 스미레.

옷차림은 롱스커트에 카디건, 그 위에 코트를 걸쳤다.

"어때?"

살짝 불안을 내비치는 눈동자, 머뭇머뭇하니 불안해하는 모습.

자기 옷차림에 자신이 없는 걸까?

"잘은 모르겠지만, 내 눈에는 잘 어울리는 것 같아."

"후훗. 죠로에게만 그렇게 보이는 게 이상적이야."

감정을 다 들키는 게 부끄러운지, 살짝 미소만 띠는 코사이지 스미레.

그 귀중한 표정을 내가 끌어냈다고 생각하니 아주 약간의 달성감이 느껴졌다.

"그, 그래…."

딱히 녀석의 실마리를 찾을 필요는 없지 않나?

오늘 정도는 코사이지 스미레의 희망을 들어줘도 좋잖아?

내 안에 싹튼, 새로운 감정이 내게 물었다.

조금, 안 좋은데….

"그럼 갈까."

"그래."

아니. 내가 어제 코사이지 스미레와 만나기로 결심한 것은 녀석의 실마리를 얻기 위해서다.

목적을 헷갈리지 마. 필사적으로 스스로에게 그렇게 말했다.

"죠로, 내 손은 비어 있어."

"도서관에서 책을 들기에 딱 좋겠네."

"너무해."

불만과 함께 억지로 내 손을 붙잡는 코사이지 스미레.

그 손을 그대로 놔두고 기절하지 않는 나. 정말로 뭘 하는 거지….

※

도서관은 크리스마스인 탓도 있어서 이용자가 적었다.

왜 모처럼의 크리스마스에 이런 장소에…. 그런 불만이 엿보이는 접수원.

조금씩 눈에 들어오는 우리 외의 이용자. 마치 1학기까지의 니시키즈타 고등학교의 도서실 같군.

…뭐, 1학기의 도서실은 조금 정도가 아니라 거의 사람이 없었지만.

"평소와 비교하면 적네."

"패… 아니. 아무것도 아냐…."

"후훗. 일보 전진이네."

내가 무심코 흘리려던 말을 알아차리고 약간의 기쁨을 내비치는 비올라.

…안 좋아. 진짜로 안 좋아.

"그래서 뭘 물어보려고 했어?"

"비올라는 여기에 자주 왔어?"

"그래. 매주 한 번씩은 다녔어. 물론 안 오는 때도 있었지만."

그러고 보면 코사이지 스미레는 책을 좋아했지.

중학교 때도 방과 후에는 곧잘 도서실에서 보냈다. 그러니까 시험 전에는 나와 히마와 썬도 도서실에 가서, 코사이지 스미레에게 공부를 봐 달라고 하고… 그립군.

"있잖아, 죠로. 히마와 오오가한테는 지금도 당신이 공부를 가르쳐 주고 있어?"

아무래도 코사이지 스미레도 비슷한 생각을 했던 모양이다.

"그래. 1학년 때까지는 내가 두 사람을 돌봤는데, 2학년부터는…."

도서실에 모두가 모여서 공부를 했지.

나, 히마와리, 썬, 그리고 코스모스와 녀석도 있고….

"2학년부터는?"

"도서실에 모두가 모여서 공부를 했어."

"모두라는 건 어제 튀김꼬치 가게에 있던 사람들 말이야?"

"조금 다른 녀석들도 섞여 있지만, 대충은 그래."

처음에는 녀석밖에 없는, 파리 날리는 도서실이었다.

하지만 어느 틈에 많은 이들이 모이는 도서실이 되었고… 우리에게 둘도 없는 장소가 되었지. …하지만 나는 이제 거기로 돌아갈 수 없다.

내가 도서실에 가면, 녀석들의 인연이 망가질 가능성이 있다.

그러니까 3학기부터는 가지 않기로 했는데… 조금 힘들군.

"그래…. 분명히 친구가 많이 생겼구나. …다행이야."

진심에서 나온 안도의 말. 그것이 누구를 향한 것인지는 바로 알았다.

아주 조금 보인 녀석과 비올라의 공통점.

지금 내가 여기서 이러고 있는 것은 결코 헛일이 아니다. 헛일이 아닐 터이다.

"어이, 비올라."

"왜?"

"성적이 좋은 녀석이 니시키즈타에 오는 이유는 뭐라고 생각해?"

본래 목적을 수행하기 위해, 다른 감정에 잡아먹히지 않기 위해, 반쯤 억지로 화제를 바꾸었다.

어제 비올라는 무슨 사정이 있어서 니시키즈타 고등학교에 오지 않았다고 말했다.

하지만 그렇다면 반대로 이상한 녀석이 있다. …그 녀석이다.

그 녀석은 학년 수석까지는 안 되더라도 꽤나 공부를 잘하는 편이었다.

적어도 니시키즈타보다 좋은 고등학교에 확실히 갈 수 있을 정도로.

이전에 호스 문제가 있어서 '자신을 모르는 사람'밖에 없는 니시키즈타 고등학교를 골랐다고 말했는데, 지금 상황… 그리고 잘 생각해 보면 이상한 점이 있다.

첫 번째, 코사이지 스미레와 녀석이 같은 고등학교로 가지 않은 점.

중학교 때는 달랐지만, 소중한 친구였다면 고등학교는 같은 곳으로 진학하려고 하지 않았을까? 그럼에도 불구하고 코사이지 스미레는 니시키즈타 고등학교에 가지 않고, 녀석만이 니시키즈타 고등학교로 왔다.

두 번째, 애초에 토쇼부와 니시키즈타는 비교적 가까운 장소에 있다.

녀석이 진짜로 '자신을 모르는 사람'밖에 없는 고등학교에 가려고 했다면, 또 다른 곳을… 토쇼부와 멀리 떨어진 고등학교를 택해야 하지 않았을까?

가령 니시키즈타에 '자신을 모르는 사람'밖에 없었다고 해도, 근처에 호스나 지인들이 있는 토쇼부 고등학교가 있었다. 실제로 예상 밖의 형태이긴 했지만, 녀석과 호스는 재회했다.

만약 토쇼부에서 떨어진 고등학교를 골랐다면 피할 수 있는 사태이고, 내가 알아차렸을 정도인데 녀석이 알아차리지 못했을 리 없다.

그런데 왜 녀석은 니시키즈타 고등학교에….

"뭔가 해야 할 일이 있으면 가지 않을까?"

"예를 들어서?"

"일그러진 두 사람의 인연을 원래대로 되돌리기 위해서…라면 어때?"

"……."

그 말을 듣고 짚이는 것은 단 하나.

나와 썬이다. 나와 썬의 인연은 고등학교 입학 당시(나는 전혀 깨닫지 못했지만) 일그러진 형태로 계속되고 있었다. 그걸 지금 형태로 만들어 준 것은….

"죠로. 슬슬 추천 도서를 소개해도 될까? 나 이외의 사람 이야기를 너무 오래하는 건 좋아하지 않아."

"알았어…."

아직 녀석에게 도달할 정도의 실마리는 아니다. 하지만 상황이 한 걸음 전진한 것에 약간의 고양감을 느끼면서 나는 코사이지 스미레와 함께 책장 쪽으로 향했다.

"찾았어. 죠로는 꼭 이것을 읽어 줘. 내가 좋아하는 책이니까."
"응? 이건…."
코사이지 스미레가 신이 난 기색으로 내게 건넨 책.
그것은 크리스마스이브에 '따끈따끈한 튀김꼬치 가게'에서 리리스가 나에게만 전했던….
"『두 꽃의 사랑 이야기』잖아."
"어머? 혹시 알고 있어?"
"음, 그래…. 최근에 읽었어."
"그랬구나…. 아쉽기도 하고 기쁘기도 하고… 복잡한 기분이야."
나도 동감이야. 설마 좋아하는 책까지 녀석과….
"하지만 그렇다면 죠로의 감상을 듣고 싶어."
"재미있었어. 다만 그 엔딩은 좀 아니다 싶지만."
언니와 여동생이 바뀌어도 알아차리지 못하며, 사랑했던 여자가 아닌 여자를 계속 사랑하는 남자.
녀석은 '남자는 모든 것을 알면서도 여동생의 마음을 받아들였다'라고 말했지만, 읽어 봐도 역시나 나는 납득할 수 없었다.
정말로 여동생을 좋아했다면, 남자는 여동생을 계속 사랑해야

했다.

여동생을 미칠 듯이 찾아다녀야 했다.

그런데 그러지 않고 언니를 사랑한다니… 바보로군….

"나도 거기에 대해서는 같은 의견이야."

"그래?"

의외로군. 분명 녀석과 같은 감상을 말할 줄 알았는데.

"그래. 마지막에 언니와 여동생이 택한 방법. 그건 잘못되었어."

"잘못되었다?"

"그래. 여동생의 마음을 받아들이고 대역을 연기하는 언니는 어리석음의 극치야. 그래선 남자는 영원히 '자신'을 사랑해 주지 않잖아."

아무래도 나와 마찬가지로 엔딩에 불만을 품은 모양이지만, 방향성은 다른 모양이다.

대체 코사지 스미레는 어떤 식으로….

"내가 언니였으면 남자가 '자신'을 사랑할 수 있도록 미칠 듯한 기세로 노력하겠어. 물론 모든 것을 이용해서. 여동생이 물러나겠다면 마음대로 하라지. 그럼 나는 그 마음을 이용해서 남자의 마음속에서 여동생을 향한 마음을 지워 버리겠어."

"남자가 그래도 여동생을 찾겠다면?"

"모든 방법을 사용해서 남자를 자기 곁에서 떼어 놓지 않을 거야. 애초에 언니를 위해 자기 마음을 포기하고 물러난 여동생은 정말로 남자를 사랑하긴 한 걸까? 그저 언니를 대신할 마음이었을 뿐 아닐까? 한심한 아이."

"……."

녀석은 절대로 거짓말을 하지 않는 여자라고 생각했다.

하지만 혹시 딱 하나, 거짓이 섞여 있었다면?

처음부터 나를 좋아한 게 아니라, 그저 코사이지 스미레의 대역으로….

"죠로, 나는 당신을 좋아해. 그러니까 당신도 나를 좋아해 줬으면 해."

"딱히 싫은 건 아냐."

"후훗. 아주 기뻐."

딱히 나는 처음부터 코사이지 스미레를 싫어하지 않았다.

다만 그걸 말로 전했을 뿐인데 왜 이런….

"즉 앞으로 죠로와 러브러브 도서도서 타임의 시작이란 거네."

"시작 안 해! 뭐가 어떻게 되면 그렇게 되는데?!"

"죠로, 도서관에서는 조용히 해야지."

"으윽!"

이런. 그만 니시키즈타의 도서실에서 그랬듯이 큰 소리를 냈다.

아니나 다를까 주위로부터 매서운 시선을 받아 버렸다.

"알았어…."

"후훗. 그럼 지금부터는 내 무릎을 베고 조용히 해 줘."

"안 할 거니까! 그런 게 아니니까!"

"하아…. 정말로 부끄럼도 많이 탄다니까. 어쩔 수 없으니까, 대신 내가 당신 무릎을 벨게."

"어쩔 수 없는 결과가 이상해! 어느 쪽도 안 해!"

결국 코사이지 스미레의 포지티브 싱킹에 휘둘린 나는 계속 소리를 치는 바람에 도서관에 있기 힘들어져서 밖으로 나왔다.

※

"더 있고 싶었는데 죠로 때문에 뜻하지 않은 결과가 되었잖아."

"네가 계속 이상한 소리를 해서 그렇잖아! 나는 조용히 책을 읽을 생각이었어!"

"죠로, 나는 책을 읽기 위해 도서관에 간 게 아냐. 죠로와의 러브러브 파라다이스를 실현하기 위해 갔어."

"아니, 왜 도서관을 골랐어? 다른 곳도 있잖아?"

여전히 표현이 절묘하게 낡았다.

"어머? 그렇다면 도서관이 아니면 나와 러브러브해 줄 거야?"

"아니!"

녀석의 실마리를 얻는 게 목적일 텐데, 어느 틈에 코사이지 스미레의 페이스에 휘말렸다.

말로는 부정하지만, 그래도 마음 편한 느낌.

녀석과 비슷하니까? 상대가 코사이지 스미레니까?

뻔하다. 그저 비슷하기 때문이다.

휘말리지 마. 어떤 수단을 써서라도 녀석의 실마리를 손에 넣어.

몇 번째일지 모르는, 스스로에게 하는 경고.

그 목소리가 서서히 작아지는 듯했다.

도서관을 뒤로한 우리는 쇼핑몰로 이동.

휴식 코너에 설치된 테이블에 나란히 앉았다.

마주 보고 앉자고 했지만, 내가 이동할 때마다 코사이지 스미레도 곁에 따라붙었기에 결과적으로 내가 포기했다.

"죠로. 실은 나 당신에게 줄 선물을 준비했어."

"어? 왜 그런 걸⋯."

"오늘은 크리스마스니까."

"아."

듣고 보니 그랬다.

이런. 나도 뭔가 준비를 해야⋯ 아니, 그게 아니잖아!

"죠로도 선물을 준비했어?"

"아, 아니, 저기…."

"그럼 사죄로 내일도 나랑 만나 준다고 생각하면 될까?"

"으윽! 아, 알았어…."

"후후훗, 고마워."

정말로 멋지게 손바닥 위에서 구르게 되는군….

애초부터 말일까지 매일 만나 달라고 했지만, 내가 거기서 도망치지 못하게 철저하게 모든 것을 이용하고 있다.

"그래서 내 선물 말인데… 이걸 받아 줘."

"응? 이건…."

코사이지 스미레가 가방에서 꺼낸 것은 쿠키였다.

귀엽게 포장된 비닐 주머니 안에는 다소 못생긴 쿠키가 들어 있었다.

"내가 만들어 왔어. 중학생 때부터 이따금 만들었는데, 항상 용기가 없어서 직접 주지 못했으니까…."

그러고 보면 중학생 때도 코사이지 스미레는 이따금 과자를 만들어 왔지.

항상 썬이나 히마와리가 받고, 나는 그걸 나눠 받는 형태.

이따금은 내게 줘도 좋잖아…라고 생각했던 적도 있었지.

하지만 코사이지 스미레가 나에게 직접 주지 않았던 이유는….

"안, 될까?"

잘 보니 코사이지 스미레의 손이 살짝 떨리고 있었다.

혹시 받아 주지 않는다면 어떻게 하지? 그런 마음이 전해져 와서,

"고맙게 받지."

"……! 와아! 처음으로… 처음으로 제대로 줬어!"

감정을 폭발시키며 눈앞에서 귀엽게 주먹을 움켜쥐는 코사이지 스미레. 그건 정말로 코사이지 스미레만이 보여 주는 모습이라서, 내 안에서 '받아 주길 잘했다'라는 감정을 만들어 냈다.

"그럼…."

"으, 음…."

안절부절못하는 모습의 코사이지 스미레가 바라보는 앞에서 포장을 조심스럽게 벗기고 쿠키를 하나. 맛은 다소 연하고 버석거리는 식감. 항상 먹었던 녀석의 쿠키와 비교하면 분명히 떨어진다. 하지만….

"어, 때?"

"나쁘지 않아."

서툰 솜씨로도 열심히 만들어 왔다는 마음이 전해져 와서, 신기하게도 몇 개든 먹을 수 있다는 느낌의 쿠키였다.

"…다음에는 맛있다는 말을 들을 거야."

다만 코사이지 스미레에게는 내키지 않은 결과였는지, 뚱한 표정.

이걸로도 충분… 아니, 그게 아니지.

왜 코사이지 스미레 생각을 하기 시작한 거야. 내 목적은 녀석의 실마리를 얻는 것이다.

페이스에 휘말리지 마.

이 쿠키… 중학생 때 코사이지 스미레는 '친구한테 배워서 만들었다'고 말했다.

그렇다면,

"너한테 과자 만드는 걸 가르쳐 준…."

"오오! 오오오! 이거, 이거 키사라기 공과 코사이지 공이 아니십니까?"

어라? 왠지 뒤에서 꽤나 사무라이틱한 목소리가 들려왔는데….

이 목소리는….

"어머? 당신은…."

"아키노 사쿠라올시다! 흐음… 이런 장소에서 두 분과 조우하다니, 기괴한 일도 다 있구려!"

기괴하게 나타난 것은 우리 니시키즈타 고등학교의 이전 학생회장… 긴장해서 연극을 하면 사무라이로 변하는 코스모스=아키노 사쿠라. 시선이 장난 아니게 이리저리 흔들리고 있다.

"오오~ 대단한! 정말로 대단한 우연도 다 있구려! 와하핫!"

이거, 분명히 우연이 아니구려, 와하핫.

"어제 보고 또 보네요, 코스모스 선배."

"음! 건강하시온지! …실례해도?"

아니, 어딘가로 실례해 주세요.

"네, 부디."

"고마우신 말씀!"

중요한 질문을 하려고 했더니, 노렸다는 듯이 나타난 사무라이가 정면에 착석.

뭐, 일단 틀림없이 노렸던 거겠지만.

아마도 코스모스의 목적은….

"코스모스 선배는 왜 여기에?"

"하하핫! 물론 코사이지 스미레 공의 서포트를… 아니! 압도적으로 아니올시다! 소, 소생은 우연히 지나가던 것뿐이었던지라!"

역시나. 코스모스는 내가 녀석의 실마리를 얻지 못하도록, 또한 나와 코사이지 스미레의 사이를 진전시키도록 나타난 것이다.

아니, 왜 그렇게까지 하지? 아무리 그래도 그렇게까지 할 필요는….

"왜 코스모스 선배가 그렇게까지 해 주는 겁니까? 부탁받았으니까?"

그래, 그래! 말해, 코사이지 스미레!

"음! 그, 그것은 말이오…. 어어, 어흠."

헛기침을 한 번. 자기 안의 사무라이를 어떻게든 억누르려는 모양이다.

"부탁받은 건 아냐. 다만 내가 '그녀'에게 이야기를 들었을 때 이렇게 해야겠다고 생각했을 뿐. 그러니까 이건 나 개인의 의지에 따른 행동이야."

"정말로 멋진 친구들을 두었네…."

"그런 말을 들으니 왠지 부끄럽네. 그래서 내가 힘이 될 만한 일이 있을까? 문제가 있으면 뭐든지 나한테 말해도 돼!"

엄청나게 곤란하니까, 그 행위 자체를 거두어 주셔도 돼.

나는 코사이지 스미레에게서 실마리를 얻고 싶을 따름이라고….

"뭐든지? …정말로 괜찮나요?"

"물론!"

코사이지 스미레 녀석, 왜 저러지? 코스모스가 온 거야 기쁘겠지만, '뭐든지 말해도 돼'라는 말에 왠지 조심스러운 태도가 엿보인다.

"저기, 죠로 이야기인데요…."

"윽!"

내용을 듣기 전부터 코스모스가 씁쓸한 표정을 지었다.

당연하지. 나와 코스모스의 인연은 얼마 전에 사라졌다.

본래 지금 이렇게 함께 있는 것 자체가 이상하다.

그러니까 코사이지 스미레는 코스모스에게 의논하기를 주저하고 있다.

그 이야기는 코스모스에게 필연적으로 상처를 주게 되니까….

"마음만으로 아주 고마우니까, 역시…."

"괜찮아! 나는 팬지의 이야기를 듣겠어! 어떤 일이든 반드시 도움이 되겠어! 그러니까 너는 아무 걱정 안 해도 돼!"

"왜 그렇게까지…."

"나도 **그 사람처럼** 자기 몸을 돌보지 않고 소중한 친구를 위해 행동하고 싶어. '그녀'와 팬지라면 그 마음을 잘 알아주리라고 생각했는데?"

"……! 그렇, 군요…. 정말로 잘 이해됩니다…."

그 사람? 코스모스는 대체 누구 이야기를 하는 거지?

순간 녀석의 이야기인가 했지만, 그 뒤의 말을 듣기로는 아닌 모양이다.

"알겠습니다. 그럼 사양 않고…."

"응! 그러면 돼."

마음속으로 정리가 된 걸까, 코스모스도 코사이지 스미레도 어딘가 시원시원한 태도가 눈에 띄었다.

완전히 나를 무시하고 이야기를 진행한다는 느낌이라 묘하게 쓸쓸했다.

"죠로가 나 이외의 사람 생각만 해서 문제입니다. 어떻게든 나를 보게 하려고 하지만, 좀처럼 잘되지 않아서…."

"흐음…. 어어… 으음… 어흠."

코사이지 스미레에 대한 마음은 정리됐어도, 나와의 사이에서 일어난 일까지는 다 정리되지 않았기 때문일까, 다소 어색한 분위기가 눈에 띄는 코스모스.

정면에 마주 보고 앉아 있음에도 불구하고 우리가 눈을 마주치는 일은 없다.

그것은 아직 우리의 인연이 망가진 채라는 증거겠지. 어쩌면 이렇게 함께 있는 것만으로도 코스모스에게 상처를 주는 것이라고 생각하니, 조금 가슴이 아파 왔다.

"…좋아! 죠로, 너는 꽤나 못된 짓을 하는 모양이네."

먼저 마음을 정리한 것은 코스모스. 아직 눈을 마주치지는 않지만, 냉정한 학생회장 모드로 들어가서 꽤나 매서운 말을 내게 쏟아 냈다.

"아, 아니, 저기… 내게도, 사정이…."

한심하잖아…. 코스모스가 이렇게 말해 주는데, 제대로 대답도 할 수 없다니. 뭐 하는 거야….

"네게도 사정이 있을지 모르지만, 팬지에게도 사정은 있잖아? 죠로, 너는 팬지의 사정을 파악할 마음도 없고, 자기 사정만 우선하고 있지 않아?"

"그, 그건…."

아니다. 나는 딱히 코사이지 스미레를 생각하지 않는 건 아니다.

오히려 반대다. 같이 있으면 즐겁고, 어느 틈에 코사이지 스미레 생각만 하게 될 것 같으니까, 그런 자신을 억누르기 위해서 녀석의 실마리를… 하지만 그게 옳은 일일까?

내 문제에 녀석을 이용할 뿐인 게….

"팬지는 네게 '다른 아이를 위한' 행동이 아니라 '자신을 위한' 행동을 해 달라는 거야. 이전의 너라면 이 정도의 일은 말하지 않아도 알 거라 생각하는데?"

"아, 알고 있어요! 하지만…."

"하지만?"

"저기, 어어…."

이런. 그만 열이 올라서 괜한 소리를 해 버릴 뻔했다.

어쩐다? 어디까지 전하면 좋지?

그만한 일이 있었는데도 불구하고, 이렇게 여기에 있어 주는 코스모스의 마음에 응하려면 솔직히 전해야 하지만….

"과연…. 그런 건가."

"윽!"

이런. 읽혀 버렸다.

"팬지, 괜찮아. 죠로는 너를 확실히 보고 있는 모양이야. 다만 그는 성격이 그래 놔서 좀처럼 솔직해질 수 없는 거야."

"그런가요?"

"그래, 내가 하는 말이니까 틀림없어."

그렇다. 나는 코사이지 스미레와 함께 있으면 편안함을 느끼기 시작했다.

하지만 그런 자신을 솔직하게 받아들일 수 없어서… 정말로 억지로라도 녀석의 이야기를 해서 내 또 다른 마음을 보지 않으려고 한다.

"조금 정도는 힘이 되었을까?"

"아뇨, 조금 정도가 아니에요. 아주 기뻤습니다."

그래! 그렇다! 나는 코사이지 스미레에게 마음을 주기 시작했다!

"고맙습니다, 코스모스 선배."

"후후. 별말씀을, 팬지."

조금 덜렁대는 변도 있지만, 어차할 때는 든든한 코스모스.

하지만 더 이상 나는 그 힘을 빌릴 수 없다. 코스모스와 내 인연은 사라졌으니까.

그리고 인연이 사라졌으니까 코스모스는 녀석 편에 붙는다.

정말로 적으로 돌리면 무서운 상대야….

"죠로, 그렇게 바로 솔직해지지 않아도 돼. …아니, 딱히 당신이 아직 나를 좋아하지 않아도 돼. 하지만 조금이라도 당신이 '내 사정'을 알아줬으면 해."

"……."

내 마음을 코스모스에게 간파당하는 바람에 부정할 수도 없어

그저 따르는 나.

진짜로 어떻게 할 수도 없어….

"그리고 '내 사정'은 당신에게 아주 좋은 것뿐이야."

이 말이 진실인지 덫인지, 나로서는 알 수 없다.

하지만 지금의 나로서는 달리 택할 길이 없다.

가능한 거라고는 '코사이지 스미레의 사정'이 녀석과 연관될 가능성을 믿는 것뿐이지….

"알았어…. 지금까지 내 생각만 우선해서 미안했어. 저기, 괜찮으면 가르쳐 주겠어? 비올라의 사정을….."

조심조심 코사이지 스미레에게 말을 붙였다.

이러고서 안 가르쳐 준다는 대답이라면, 이제 와서는 절망밖에 남지 않는데.

"후후…. 들고양이에게 쫓긴 시궁쥐 같은 얼굴을 하지 않아도 돼. 다 가르쳐 줄 테니까."

"정말로?"

은근슬쩍 독설이 섞여 있었지만, 그건 넘어가도록 하자.

코사이지 스미레의 사정을 아는 것.

그것이 코사이지 스미레만이 아니라 나나 녀석에게 의미가 있다면….

"내 사정은 말이지…."

"으, 음…."

"코스모스 선배랑 셋이서 같이 놀고 싶어."

"뭐어어어? 너는 대체 무슨 뚱딴지같은 소리를 하는 거야?!"

"그, 그래! 나는 거기까지는…!"

예상도 하지 않았던 코사이지 스미레의 제안에 나와 코스모스는 나란히 곤혹스러움을 드러냈다.

아니, 진짜로 무슨 생각이야?! 우리의 인연은 사라졌는데.

본래 여기서 이러는 것 자체가 이상하고….

"'추억 하나에 사정 하나'. 오늘 죠로가 알아주었으면 하는 것은 내가 죠로를 위해 행동한다는 것이야. 그러니까 코스모스 선배랑 셋이서 놀자."

"왜 그게 나를 위한…."

"어머? 그런 것도 모르는 걸까?"

"……."

알고 있어. 네가 무슨 생각을 하는지는 확인할 것도 없이 알아.

하지만 거기에는 코스모스의 마음도 중요….

"저, 저기… 죠로…. 나, 나도, 같이, 있어도, 될까?"

방금 전까지의 냉정함은 사라지고, 심약한 눈빛을 하는 코스모스.

하지만 거기에는 아주 약간의 바람이 담겨 있는 듯해서,

"뭐, 나로서는 괜찮지만…."

"정말로! 정말로, 정말로 괜찮은 거야?!"

"무, 물론입니다!"

"와아아아아!!"

방금 전까지의 학생회장 모드에서 소녀틱 모드로 바뀌는 코스
모스.

그 미소를 볼 수 있는 것은 정말로 기쁘지만, 내가 웃어도 되
는지 알 수 없어서 나는 그만 코스모스에게서 고개를 돌렸다.

"후후후. 그럼 결정됐네. 코스모스 선배, 나는 친구와 방에서
노래를 부르고 싶어요. 아직 한 번도 가 본 적이 없어서…."

"방에서 노래… 노래방? 그거 멋진 제안이야! 여름 방학 때 갔
는데 아주 재미있었어! 하지만 좀처럼 가고 싶다는 말을 할 수
없어서… 꼭 또 가 보고 싶어!"

씩씩하게 일어서서 코사이지 스미레의 손을 붙잡는 코스모스.

노래방이라. 그러고 보면 내가 아르바이트하던 날, 누나랑 다
른 애들이랑 같이 코스모스는 노래방에 갔지. 그때 아스나로와
함께 즐겁게 노래하는 사진을 누나가 보내 줬고… 아직 그 사진
은 내 스마트폰에 남아 있다.

"좋았어~! 쇠뿔도 단김에 빼라고 했으니! 죠로, 팬지! 얼른,
얼른!"

"후후후. 그렇게 손을 잡아당기지 않아도 따라갈게요, 코스모
스 선배. 죠로도 괜찮지?"

"하아…. 알았어…."

"…응, 고마워, 죠로."

"고맙다고 할 건 이쪽이지만."

아직 나와 코스모스의 인연은 회복되지 않았다.

그래도 그 계기를 만들어 준 코사이지 스미레에게는 감사해야
한다.

"멋진 크리스마스 선물을 줄 수 있어서 다행이야. …후훗."

기분 좋게 미소 짓는 코사이지 스미레.

정말로 이 녀석은 나를 위해 행동하는 거로군….

※

12월 26일.

어제 나의 잘못은 '코사이지 스미레를 무시하고 녀석만을 찾
으려 한 것'.

신기하게도 그것을 코스모스가 가르쳐 주었다.

가능하다면 이해한 단계에서 실행으로 넘어가고 싶었지만, 어
제는 코스모스와 셋이서 노래방을 즐기고 해산.

뭐, 재미있었고, 고맙긴 했으니까 괜찮지만….

하지만 그건 그거, 이건 이거.

설령 아무리 코사이지 스미레와 보내는 시간이 편안하다고 해
도 내 목적은 변하지 않는다.

오늘이야말로 이 오리무중에서 벗어나겠다고 생각했는데….

"에헤헤! 오늘은 같이 놀자! 비… 팬지!"

"그래. 멋진 하루를 보내자, 히마."

사이좋게 대화하는 나의 소꿉친구와 코사이지 스미레.

시작부터 잘 풀릴 거란 느낌이 전혀 없어서 문제다.

오늘 약속 장소에 가자, 거기에는 코사이지 스미레만이 아니라 다소 어색한 상태인 히마와리가 스탠바이하고 있었다.

왜 여기 있냐고 묻자, '오, 오늘은 나도 함께야!'라고 다소 어색하면서도 꽤나 긴장한 기색으로 주먹을 불끈.

참고로 나를 기다리고 있던 것은 코사이지 스미레와 히마와리만이 아니라,

"후후훗! 히마와리가 참가한다면 저도 참가하지 않을 수 없습니다!"

전율의 포니. 우리 학교의 민완 신문부원인 아스나로＝하네타치 히나도 있었다.

"그래서 팬지, 오늘은 뭘 할 생각입니까?"

"실은 나도 몰라. 어제 히마한테 연락이 와서 '내일은 나한테 맡겨!'라는 말만 들었는데…."

우호적인 대화를 하는 코사이지 스미레와 아스나로.

지금 대화로 보자면, 이 상황의 시작은 히마와리인 모양이다.

아마도 목적은 어제의 코스모스와 마찬가지로 나와 코사이지

스미레의 거리를 좁히는 것.

안 좋은데.

이대로 가다간 어제와 마찬가지로 중요한 사실을 듣기 전에 얼렁뚱땅 넘어가게 될 가능성도….

"괜찮아! 나한테 완벽한 계획이 있으니까!"

과거에 히마와리가 완벽한 계획을 입안한 적이 있었나?

대답은 한없이 NO인데….

"짜잔! 이거야!"

그 말과 함께 히마와리가 꺼낸 것은 네 개의 테니스 라켓.

이 시점에서 히마와리가 뭘 하려는 건지는 간단히 상상이 갔다.

뭐, 그 전부터 희미하게 그럴 것 같기는 했지만.

왜냐면 오늘 약속 장소는,

"테니스 코트를 써도 된다고 허가 받았으니까 문제없어!"

니시키즈타 고등학교니까.

처음에는 분명 오늘이야말로 니시키즈타 고등학교의 도서실에라도 가는 건가 했는데, 행선지는 테니스 코트. 히마와리답다면 히마와리다운 제안이지만, 코사이지 스미레에게는 안 좋은 내용 아닐까?

운동 신경 몬스터이며 테니스부의 에이스이기도 한 히마와리, 취재로 단련된 하반신은 스프린터인 아스나로와 비교해서, (자칭) 중상급의 운동 신경인 나, 그리고 아마…라고 할까, 거의 틀림없이 운동이 별로인 코사이지 스미레. 뒤로 갈수록 테니스를 잘 못할 것이 현저해진다.

"이거 질 수 없겠네….”

하지만 아무래도 본인은 이길 마음으로 가득한지, 히마와리에게 받은 라켓을 움켜쥐며 왠지 뜨거운 투지를 불태우고 있다.

"그럼 팀을 나누자! 으음… 나랑 아스나로, 죠로랑 팬지의 팀으로 승부야! 난 안 질 거니까~!”

인간관계가 아니라 운동 신경을 고려해서 팀을 정해 주세요.

코사이지 스미레 왈, 나에게 도움이 되는 '코사이지 스미레의 사정'.

나는 테니스라는 격렬한 운동 속에서 어떻게 그걸 들어야 하는 거지….

※

"좋았어! 매치포인트야, 아스나로! 끝내자!”

"네! 맡겨 주세요!”

"하아하아…. 계, 계산대로야….”

"헉… 헉…. 어떻게 계산하면, 이런 결과가 되는데….”

그렇게 시작된 테니스 승부는 당연하게도 히마와리와 아스나로 팀의 압승.

아무래도 저 소꿉친구에게는 우리에게 달성감을 줄 생각이 요만큼도 없는지, 사정없이 팡팡 점수를 따냈다. 덕분에 이쪽의 포인트는 0점.

훌륭할 정도로,

"러브 게임이네. 역시나 나와 죠로."

"틈만 있으면 달라붙지 마, 너는!"

아무리 체력을 소모했어도 마음이 소모되는 일은 없다.

오늘도 신나게 포지티브 싱킹 중이다.

"말해 두겠는데, 그걸 노리고 일부러 진 건 아니거든?"

"물론이야. 난 지기 싫어하는걸."

그렇게 말하지만 점수를 한 번만 더 빼앗기면 이쪽의 패배인데.

아무리 참패라고 해도 하다못해 한 방 먹여 주고 싶다. 그렇게 생각하며 의식을 집중했다.

"갑니다~! …에잇!"

"으랴!"

지금까지 해 오면서 나름 익숙해진 나는 아슬아슬하게 아스나로의 서브를 받아 치는 데에 성공. 물론 아스나로 쪽으로 쳤다.

지금까지의 시합으로 싫을 만큼 배웠는데, 히마와리 쪽으로 치면 일격에 끝장난다.

즉 포인트를 따려면 아스나로의 미스를 노릴 수밖에 없다.

"후후훗! 그건 읽었습니다! …에잇!"

하지만 아스나로도 테니스가 서툴지 않다.

아스나로가 멋지게 받아 친 공은 내가 아니라 코사이지 스미레를 향했다.

제길! 이대로 정말로 러브 게임으로 끝날 것 같냐!

"팬지, 부탁해!"

"……! 아, 알았어! …읏!"

"아! 이런!"

"와! 와와왓!"

아마도 우연이겠지만, 코사이지 스미레가 친 공은 전방에 선 히마와리의 다리 사이를 멋지게 통과했고, 뒤에 있던 아스나로가 열심히 쫓아갔지만 이미 늦었다.

나와 코사이지 스미레는 1포인트 따는 것에 성공했다.

"해냈어! 해냈어, 죠로!"

"그래! 잘했어!"

달려온 코사이지 스미레와 하이터치를 교환하며 서로 웃었다.

시합은 거의 패배가 확정되었지만, 우리에게는 아주 귀중한… 응?

왜 그러지, 코사이지 스미레 녀석?

기쁜 건 알겠지만, 그렇다고 해도 너무 감격한 기색이….

"…처음으로 불러 줬어."

"어?"

"후훗… 모르면 됐어. 자, 계속하자. 우리의 러브링 테니스를."

"그러니까 그게 아니라고."

당연하다면 당연하지만, 다음 플레이로 나와 코사이지 스미레는 쉽사리 점수를 빼앗겨서 시합은 히마와리, 아스나로 팀의 승리. 그래도 코사이지 스미레는 마치 우리가 이긴 것처럼 달성감 가득한 미소를 내게 보냈다.

"에헤헤! 어때, 아스나로? 나의 계획은 완벽했어!"

"그럴지도 모르겠네요! 후훗!"

그런 우리를 보고 히마와리와 아스나로가 꽤나 따뜻한 미소를 지었다.

※

"으음~! 다 같이 먹는 아마오우 크림빵은 역시 최고야!"

테니스가 끝난 뒤 휴식 타임에 돌입.

장소는 교내의 빈 교실. 이런 날까지 학교에 오는 녀석은 없는지, 아무도 없는 교실에서 우리는 책상 네 개를 붙여 놓고, 코사이지 스미레가 준비해 온 과자와 히마와리가 준비해 온 아마오우 크림빵을 먹는데…

"어어, 으음… 죠…! 여, 역시 아무것도 아냐!"

"어, 어어…. 그래…."

나와 히마와리는 서로 어딘가 어색한 대화가 눈에 띄었다.

당연하다. 그날… 2학기 종업식 때 내가 히마와리와의 인연을 파괴했다.

그 뒤로 그리 시간이 지나지도 않았는데, 이전 같은 관계로 있을 수 있을 리가 없다. 실제로 크리스마스이브에도 히마와리와는 한마디도 말을 하지 않았고, 오늘도 이전까지의 관계였으면 집에서 나와 같이 니시키즈타 고등학교까지 왔을 것이다.

그렇게 되지 않은 것은 나와 히마와리의 인연이 망가졌기 때문.

어쩌면 계속 이대로 있을 가능성도….

"……."

그런 나와 히마와리의 모습을 코사이지 스미레는 그저 가만히 바라보았다.

하지만 조금 뒤에,

"죠로, 나의 '오늘의 사정'을 가르쳐 줄게."

갑자기 그런 말을 꺼냈다.

"어? 너는 대체 무슨…."

"죠로는 내 사정을 알고 싶잖아? 그러니까 그걸 전할까 싶었어."

뭐, 그렇긴 한데, 그 말이 조금 마음에 걸리는데….

"어제 말했잖아. '추억 하나에 사정 하나'. 오늘 추억에도 확실

148

히 사정이 있으니까."

"그럼 그 사정이란 건?"

"세계를 지키는 것."

"갑자기 성대해졌잖아, 어이!"

여러 의미로 장르가 너무 다른 사정이 뛰어들었습니다만.

전인미답의 위업을 목표로 하고 있잖아!

"그래도 반드시 해내겠어."

"괜히 멋진 대사구만!"

말하면서 일일이 주먹을 불끈 쥐지 마.

"그런고로 춤을 추자."

"왜 갑자기 그렇게 되는데?! 진짜로 의미가…."

"중학교 때도 댄스 수업은 있었지만, 나는 죠로와 페어를 짤 수 없었잖아? 그러니까 그 설욕을 하고 싶어."

아니, 그럴지도 모르지만 말이야.

그게 왜 세계를 지키는 것과… 응? 혹시 오늘 코사이지 스미레의 사정이란….

"저기, 히마, 아스나로. 다 먹고 같이 춤 안 출래?"

"춤! 재미있겠어! 응! 나, 할래!"

"좋은 아이디어로군요! 그럼 카세트 라디오를 빌려 오겠습니다! 분명히 신문부 동아리방에 있었던 것 같으니!"

내 의문은 해결되는 일 없이 착착 이야기가 진행되었다.

춤 같은 건 화무전 이후 처음이군. 아니, 코사이지 스미레가 그런 걸 할 수 있던가?

"오래 기다리셨습니다! 그럼 얼른 시작할까요!"

10분 뒤, 나와 히마와리와 코사이지 스미레는 체육관으로 이동.

그로부터 5분 뒤에 신문부 동아리방에서 카세트 라디오를 조달한 아스나로가 웃는 낮으로 귀환.

설마 또 화무전 때와 비슷하게 스테이지 위에서 춤을 추게 되다니.

그럼 나는 코사이지 스미레와···.

"처음은 히마와 죠로니까."

"어? 어어어어어?! 나, 나랑 죠로?!"

"나랑 히마와리냐!"

설마 싶은 말에 히마와리와 나란히 곤혹스러운 목소리를 냈다.

서서히 확신에 가까워지는, 코사이지 스미레의 오늘의 사정.

정말로 이 녀석은 어디까지···.

"그래. 끝난 다음에는 죠로와 아스나로, 마지막이 죠로와 나야."

"내 부담이 장난 아니게 크다고 생각하는데?"

"괜찮아, 화무전에서 경험했잖아?"

"역시나 그걸 노렸나…."

"알아줘서 기뻐."

기분 좋은 듯한 대답.

내가 행동의 의도를 이해한 대답을 하면, 코사이지 스미레는 항상 기쁜 얼굴을 하지….

"으음… 하지만 나랑 죠로는…."

"히마. 당신과 죠로에게 무슨 일이 있었는지 자세히는 몰라. …하지만 당신도 지금 이 관계로 계속 있고 싶진 않지?"

"윽! 그, 그렇지만…."

"그럼 춤을 추자. …열심히 몸을 움직이면 분명 즐거워. …당신과 아스나로가 테니스로 그래 주었듯이."

"……! 패, 팬지, 알고 있었어?"

"물론."

"음. 역시나 팬지로군요. 자연스럽게 했다고 생각했습니다만…."

놀라는 히마와리와 감탄하는 아스나로. 아무래도 이 녀석들은 테니스로 뭔가 꾸미고 있었던 모양이고, 그걸 코사이지 스미레에게 들킨 모양이다.

하지만 그것과 춤에 대체 무슨 공통점이?

"자, 시작하자. 너무 늦어지면 해가 지겠어."

조금 크게 손뼉을 치는 코사이지 스미레.

그 소리에 따라 춤 준비를 시작하는 나와 히마와리.

아직 어딘가 어색해서 서로의 얼굴을 볼 수도 없다.

하지만 그런 상태에서도 코사이지 스미레는 카세트 라디오의 스위치를 켜고 음악을 틀었다. 우연인지 필연인지 모르지만, 흘러나오는 노래는 화무전에서 히마와리와 춤을 출 때 사용된… '강아지 왈츠'였다.

"……."

"……."

서로 침묵을 지키는 채로 계속 춤을 추는 나와 히마와리.

히마와리와 아스나로가 테니스로 뭘 꾸몄는지는 모른다.

하지만 코사이지 스미레가 이 춤으로 나와 히마와리를 붙여 준 이유는 알겠다.

분명 녀석은….

"어이, 히마와리."

"왜, 왜? 죠로?"

무슨 말을 할지 머릿속으로는 전혀 정리되지 않았다.

그러니까 마음에 따른다. 지금의 마음을 솔직히 히마와리에게 전하자.

"저, 기… 나한테 히마와리는 소중한 여자니까…."

"…응."

소중한 소꿉친구…라고는 일부러 말하지 않았다. 분명히 그건 나와 히마와리의 관계를 알기 쉽게 표현하는 말이다. 하지만 소꿉친구 운운은 관계없다.

소꿉친구라서 히마와리가 소중한 게 아니라, 히마와리니까 히마와리가 소중하다.

"마음에는 응할 수 없었어. 하지만 가능하다면 나는 히마와리와 앞으로도 친하게 지내고 싶어. …저기, 낯짝 두꺼운 소리라는 건 알고 있지만…."

"……."

히마와리는 아무런 대답도 하지 않았다. 하지만 그로부터 조금 뒤에,

"…봄 방학."

작은 목소리로 내게 그렇게 말했다.

"어? 봄 방학?"

"봄 방학, 라이가 놀러 와. 나, 죠로도 같이 있는 게 좋아."

그런 건가….

그날 종업식, 히마와리가 내게 말했지만 거절했던 예정. 그것을 이 녀석은….

"알았어."

"정말?!"

"다만 조건을 하나 달아도 될까?"

"뭔데?"

"…셋이 아니라 넷이서 있어 줘."

"……!! 응! 그 정도는 간단해! 그럼 넷이서 같이 놀자!"

시간은 조금밖에 지나지 않았을 텐데, 정말로 오랜만에 그 미소를 본 듯하군.

천진난만하고 티 없는 미소. 내가 좋아하는 히마와리의 미소다.

"그래."

"에헤헤! 그럼 신나게 춤추자! 우리는 소꿉친구니까!"

"너무 빠르게는… 아니, 진짜로 갑자기 빨라졌어! 아니, 진짜로 좀…."

"아하하! 안 들려~!"

기운을 되찾은 히마와리의 춤에 휘둘리면서 나는 생각했다.

봄 방학, 나는 히마와리와 라일락… 그리고 또 한 명까지 해서 넷이서 논다.

그때 우리와 함께 놀고 있을 '네 번째 사람'은 대체 누구일까?

"그럼 잘 부탁합니다, 죠로!"

"어, 어어…."

히마와리와의 춤을 마치고, 다음은 아스나로와의 춤 시간.

아스나로와는 화무전 때 많은 일이 있었지….

다만 자기도 화무전의 멤버에 들어가고 싶었을 뿐인데 그 방

법이 잘못되어서, 결과적으로 우리 사이에 씁쓸한 추억이 하나
생겨났다.

혹시 그때 아스나로가 솔직히 자기도 화무전 멤버에 들어가고
싶다고 말했으면, 어떻게 되었을까?

가정의 이야기라는 것은 알고 있다. 하지만 그랬으면 지금과
다른 미래도….

"후후후. 설마 이런 식으로 제 염원까지 이룰 줄은 몰랐습니다."

"이상한 일이 너무 많은 것도 같지만."

스테이지에서 내려가서 우리의 춤을 바라보는 코사이지 스미
레와 히마와리.

그런 두 사람에게는 들리지 않는, 작은 목소리로 우리는 대화
를 시작했다.

"죠로에게는 그렇겠죠. 하지만 어떤 의미로 이건 필연입니다.
당신이 '그녀'에게 연심을 품은 시점에서 결정된 일입니다."

'그녀'… 녀석을 아스나로가 그런 식으로 부르는 게 묘하게 슬
펐다.

"그럼 그 이유를 듣고 싶은데?"

"아쉽게도 저는 '그녀' 편이니까요. 죠로에게 좋은 일을 할 생
각은 없습니다. 당신 자신이 애써 주세요."

혹시나 싶어서 물어보았지만, 역시 안 되나.

"…하지만 말로 하지 않은 마음을 무시할 생각은 없지만요."

"무슨 소리야?"

춤을 추면서 아스나로가 조금 달관한 미소를 지었다.

"'그녀'는 자기 행복을 모두 버렸습니다. 그런 건 제가 아는 '그녀'가 아닙니다. …그러니까 제 나름대로 생각한 '그녀'에게 가장 좋은 미래를 맞을 수 있도록 행동할까 합니다. 분명 '그녀'에게는 안 좋겠지만요."

"어이, 그건…."

"죠로, 우리는 아무도 당신 편을 들 수 없습니다. …하지만 당신 편을 들어줄 사람이 달리 있습니다. 그 사람과 만나면 혹시 상황이 변할지도 모릅니다."

"내, 내 편?! 그건 누구야?! 누가…."

"거기까지는 말할 수 없습니다. 다만 딱 하나 힌트를 주자면, 그렇군요…. 아주 든든한 타자… 멋진 홈런을 치는 사람이지요!"

"뭐어~?!"

뭐야, 그 썬 같은 표현은? 아스나로는 그런 말을 하는 애가 아니잖아.

"후우! 아주 즐거웠습니다! 이렇게 당신과 춤을 출 수 있어서 만족했습니다! 고맙습니다, 죠로!"

"아니, 나도… 저기… 고마워."

춤 시간은 끝나고 포니테일을 흔들면서 기분 좋게 떠나가는 아스나로.

그 뒷모습은 왠지 꽤나 귀여웠다.

"슬슬 내 차례네."

주인공의 등장이라는 듯이 기운차게 내 두 손을 잡는 코사이지 스미레.

결국 오늘도 이 녀석에게 휘둘릴 뿐인 하루였다. 하지만….

"고마워."

나는 솔직한 마음으로 감사의 말을 했다.

"무슨 소리야?"

"히마와리 말이야. 화무전과 비슷한 자리를 마련해서 나와 셋이서 교대로 춤을 추도록 한 건 나와 히마와리 사이를…."

"후후훗. 마음 두지 않아도 돼. 꼭 하기로 결심했던 것 중 하나니까."

요염한 미소를 띠면서 코사이지 스미레가 그렇게 말했다.

"꼭 하려고 결심했던 것?"

"일그러진 인연을 원래대로 되돌린다. 이전의 나는 그럴 수 없어서 죠로에게서 멀어지는 길을 택했어. 하지만 지금의 나는 달라. 당신의 힘이 될 수 있다고 증명하고 싶었어."

"그러니까 '오늘의 사정'이 '세계를 지키는 것'이었군."

"그래. 나는 죠로를 위해 행동해. 거기에는 죠로만이 아니라 죠로의 세계도 포함되어 있으니까."

자랑스러운 표정.

내 세계…. 즉 나만이 아니라 나와 관계된 이들을 위해서라도 코사이지 스미레는 행동하는 거라고 증명하고 싶었겠지.

알고 있다. 알고 있어….

좋은 녀석이야. 아주 매력적인 여자다.

지금 눈앞에 있는 코사이지 스미레는….

"그리고 또 하나 중요한 걸 가르쳐 줄게."

"뭔데?"

"팬지의 서양에서의 꽃말을 가르쳐 줄게. 뇌의 수준이 떨어지는 당신은 모르겠지?"

"유감이군. 그거라면 세 개 다 확실히 알고 있어."

설마 이 말까지 나오다니….

그 사실이 내 안의 녀석의 추억을 또 하나 덧칠했다.

"어머, 그래? 하지만 내가 말하고 싶으니까 말하도록 할게."

곡이 끝날 타이밍. 코사이지 스미레가 손만이 아니라 몸을 내게 밀착시키며 달콤하게 미소 지었다.

…이런. 역시나 이렇게까지 가까운 건….

"노란색 팬지는 '기억'. 앞으로도 멋진 추억을 많이 만들어 가자."

"여태까지 멋진 추억은 거의 없는데?"

내가 투덜댔지만 그건 무시. 코사이지 스미레는 개의치 않고 말을 이어 갔다.

"흰색 팬지는 '사랑의 마음'. 당신을 향한 마음은 항상 행동으로 보여 줄 거니까."

"그 결과 다대하게 민폐가 쏟아지고 있는데."

"보라색 팬지는…."

분명 코사이지 스미레 자신은 모르는 거겠지. 아까부터 얼굴이 점점 붉어지고 있는 것을. 아니, 알고 있더라도 분명 끝까지 말하겠지.

자기가 전하기로 한 것을 모두….

"'당신 생각으로 머리가 가득'이야."

그 말과 함께 곡이 끝나고, 춤도 끝을 맺었다.

코사이지 스미레와 재회하고 고작 사흘.

고작 사흘밖에 지나지 않았는데, 마치 지금까지 긴 시간을 함께 보낸 듯한 착각이 차츰 생겨나서 내 마음을 점점 알 수 없어졌다.

나는 정말로 괜찮은 걸까?

유일한 희망은 아스나로가 준 '든든한 타자'라는 말뿐.

어디서 들은 적도 있는 것 같은데… 대체 어디서 들은 말이었지?

【나의 계획】

중학교를 졸업하고 나는 고등학생이 되었다.

지금까지의 내게 이별을 고하고, 비올라에게서 배운 새로운 모습이 되었다.

머리는 양쪽으로 갈라땋고, 도수 없는 안경을 끼고, 불필요하게 성장한 가슴을 숨긴다.

그저 그것뿐인데, 내 학교생활은 중학교 때와 비교해서 크게 변했다.

누구 하나 내게 흥미를 품는 사람이 없다. 입학 당초에는 말을 걸어오는 사람도 좀 있었지만, 그건 결코 더러운 흑심 때문이 아니라 선의에서 나온 것. 아쉽게도 대인 능력이 부족한 나는 우호적인 관계를 쌓을 수 없었지만, 말을 걸어오는 사람에게 진심으로 감사를 보냈다.

다행스럽게도 내가 입학한 고등학교에는 중학교 시절의 동급생이 아무도 없었기에 진짜 내 모습을 아는 사람은 아무도 없다.

아무 일도 없는 평온한 매일. 드디어 나는 내가 바라던 일상을 손에 넣을 수 있었다.

하지만 딱 하나… 딱 하나 얻지 못한 게 있었다.

누구보다도 곁에 있고 싶었던 소중한 친구… 비올라는 어디에도 없다.

나는 혼자 여기―니시키즈타 고등학교에 다니고 있다.

그리고 입학하고 1주일.

지금까지 아무것도 하지 않았지만, 나는 드디어 행동을 시작했다.

"있잖아, 아스나로, 들어 봐! 나 말이지, 아마오우 크림빵을 아주 맛있게 먹는 법을 알아냈어!"

"그렇습니까? 으음, 대체 어떤 겁니까?"

"그러니까 다 같이 먹으면 더 맛있어! 그러니까 이건 아스나로 몫! 같이 먹자!"

"제 몫까지… 후훗, 고맙습니다, 히마와리."

복도에서 교실 안을 엿보자, 명랑한 여자애들의 목소리가 들려왔다.

포니테일의 여자애는 누군지 모르지만, 또 한 명의 밝은 여자애는 잘 안다.

그녀는 히나타 아오이. 사진으로 보았을 때부터 귀엽다고는 생각했지만, 실제로 보니 더 귀여운 모습이었다.

분명히 저만큼 귀엽다면 비올라가 위기감을 품는 마음도 이해된다.

"좋아! 오늘도 내 불길은 신나게 타오르고 있어! 야구부 시간이여, 어서 와라!"

"오오! 역시나 썬! 아~ 나도 얼른 주전이 되고 싶은데!"

"아나에라면 분명 할 수 있어! 네 준족은 최고로 든든하니까!"

이어서 들려온 것은 씩씩한 남자 목소리.

그는 오오가 타이요. 함께 이야기하는 건 같은 야구부 멤버이려나?

고등학교 1학년치고는 키가 크고 덩치가 좋은 사람이다.

그에 대해선 조금 생각하는 바가 있긴 하지만, 별로 불쾌하지는 않다.

약한 자신을 감추고 열심히 강한 척한다는 인상을 왠지 모르게 품었기 때문이다.

"…없는 걸까?"

누구에게도 들리지 않는 작은 목소리로 말을 흘리는 나.

친구도 제대로 없는 내가 다른 반 교실까지 온 것은 결코 히나타나 오오가의 모습을 확인하기 위해서가 아니다. 찾는 상대는 단 한 명.

다만 아쉽게도 나는 그 남자의 생김새를 모른다. 누군가에게 말을 걸어서 확인하는 방법도 있지만, 그 남자에게 흥미를 가진 것으로 여겨지는 것 자체가 싫다.

그러니까 나는 계속 기다렸다. 그 남자가 나타나는 것을….

"저기… 우리 반에 무슨 볼일이 있어?"

"……!"

명확한 이유는 없었다. 하지만 뒤에서 목소리가 들려온 순간,

나는 확신했다.

지금 뒤에 있는 남자야말로 내가 찾는 남자라고.

"다른 반 애지? 혹시 누구 찾는 거라면… 아, 그래! 미안!"

목소리에 이끌리듯이 돌아보자, 거기에는 남자가 서 있었다.

길에서 만나면 다음 날이면 잊어버릴 듯한, 특징 없는 외견.

2년 동안 이야기를 들었을 뿐이지, 그 모습을 보는 건 이게 처음.

하지만 남자는 내가 상상했던 바로 그 모습이었다.

"그 전에 자기소개를 하는 게 좋겠네!"

무해한 미소를 지으며 내게 말을 하는 남자.

그 표정을 보기만 해도 짜증은 혐오감으로 변하고, 가슴속에서 독이 넘쳐나려고 했다.

이 남자가 바로,

"내 이름은 키사라기 아마츠유야. …잘 부탁해!"

내가 찾던 남자… 키사라기 아마츠유였다.

사실은 필요도 없을 자기소개를 키사라기 아마츠유가 한 이유는 바로 짐작이 갔다.

"그래서 무슨 일이야?"

이 남자는 주위로부터 점수를 따기 위해, 곤경에 빠진 사람을 가만히 놔두지 않는다.

그러니까 이렇게 내가 교실 앞에 서 있으면 말을 걸어올 거라고 생각했는데, 바로 그랬다. 자기소개를 한 것은 내가 내 친구에게 '어쩔 줄 몰라 하고 있었더니 키사라기가 도와줬다'라는 식의 말을 전할 가능성을 고려한 거겠지.

아쉽게 됐네. 나한테는 친구가 없어. 그러니까 당신의 그 행위는 다 헛수고야.

최소한의 저항을 마음속으로 했다.

"저기, 아무 말도 없으면 좀 그런데…."

난처한 표정. 하지만 그런 표정을 하는 가운데 시선만은 힐끗힐끗 주위를 오갔다. 마치 '곤경에 처한 여자애를 돕고 있는 나를 봐'라고 말하듯이.

"……"

나는 아무 말도 하지 않았다. 조금은 기대를 했기 때문이다.

어쩌면 지금의 내 모습을 보고 키사라기 아마츠유가 떠올릴지도 모른다.

본래 여기에 있어야 할….

"아! 혹시 히마와리나 썬을 찾아왔어?"

기대한 내가 바보라는 걸 깨달았다.

속이 뒤집히는 듯한 분노와 뭐라고 할 수 없는 슬픔이 가슴속에 넘쳐났다.

중학교 때, 당신을 정말로 좋아하고 좋아한 애가 있었어.

당신에게 사랑받으려고 필사적으로 노력한 애가 있었어.

그리고 당신을 위해 자기 행복을 버린 애가….

"……."

"어, 어라?! 어디 가?! 무슨 일이 있었던 게… 아니, 가 버렸네…."

이 이상 키사라기 아마츠유의 목소리를 듣고 있으면 나는 내 감정을 억누를 자신이 없었다.

손바닥에 손톱이 꽂힐 정도로 세게 주먹을 쥐고 나는 그 자리를 떠났다.

진정해…. 오늘의 목적은 키사라기 아마츠유의 모습을 아는 것이야.

그게 달성되었고 또 하나의 정보도 얻었으니까 충분하고도 남는 성과야.

저게 키사라기 아마츠유. 저게 비올라가 3년 동안 좋아한 남자.

정말로 최악의 남자야….

비올라에게 어울리는 부분은 하나도 없어. 저런 남자, 멀어지는 게 정답이야.

일요일.

"팬지, 들어 봐! 나, 친구가 생겼어!"

"어머, 그건 좋은 일이잖아, 비올라."

발랄한 미소로 내게 그렇게 보고하는 비올라.

서로 다른 고등학교로 진학한 우리지만, 그렇기에 일요일만큼은 중학교 때와 다름없이 둘이서 보냈다.

그러니까 일요일은 내게 1주일 중에서 제일 즐거운 날.

동시에 가장 분한 감정을 느끼게 되는 날이기도 하다.

"게다가 이것도 들어 봐. 내가 먼저 말을 걸어서 친구가 되었어! 어때? 대단하지?"

"그건 무시무시한 진보네⋯."

내 방에서 땋은 머리를 기분 좋게 만지작거리며 말하는 비올라.

지금은 딱히 필요가 없지만, 나도 비올라와 마찬가지로 땋은 머리에 안경을 낀 모습이었다. 둘이서 보내는 시간은 서로 같은 모습. 언젠가 생겨난 우리의 불문율이다.

"참고로 그 애는 어떤 애야?"

"그래. 조금 특이한 애야. 말수가 없어서 거의 말을 안 해. 그러니까 나는 그냥 이야기하지만, 저쪽은 스마트폰으로 글을 써서 나한테 보여 주는 걸로 대화가 성립되고 있어."

남보고 뭐라고 할 처지는 아니지만, 분명히 그건 조금⋯ 아니, 꽤나 특이하네.

"후후후⋯ 이걸로 고등학교 생활도 안심이야."

친구가 단 한 명 생겼을 뿐이니까 안심할 정도는 아니겠지만, 아직 친구가 한 명도 없는 내가 그런 말을 해도 괜히 분해서 그런 것으로밖에 보이지 않는다. 여기서는 참자.

"그리고… 만났어, 하즈키랑."

"……! 그, 그렇구나…."

"그래. 당신에게 이야기는 들었지만, 말을 나눠 보니 꽤나 힘든 타입이더라. 설마 그렇게까지 남의 마음에 둔한 남자일 줄은 몰랐어. …정말로 최악이야."

내가 마침 어느 남자에게 품은 것과 똑같은 감정을 비올라는 하즈키에게 품은 모양이다.

그 사실에 안도했다. 과거에 비올라는 내게 '하즈키 같은 건 이용할 만큼 이용해 먹고 버려'라고 말했다. 그럼 키사라기 아마츠유에 대해서도….

"참고로 어떻게 하즈키랑 이야기하게 되었어?"

"내 친구가 한 학년 위의 선배… 사쿠라바라 모모랑 사이가 좋았어. 그리고 그 연줄로 하즈키랑도 이야기하게 되었어."

"…그래. 사쿠라바라 선배랑…."

이미 중학교 때 사람들과는 접점을 갖기 싫은데 기묘한 연결점이 생긴 것에 나는 복잡한 마음을 품었다.

물론 비올라에게 친구가 생긴 것은 환영하지만… 나도 같은 고등학교인 게 좋았어.

하필이면 토쇼부 고등학교를 택하다니, 정말로 비올라는 못됐어.

하지만 나는 그걸 뭐라고 할 수 없다. 왜냐면 비올라는….

"안심해, 팬지! 하즈키는 당신이 어느 고등학교에 갔는지 몰라."

나를 위해 토쇼부 고등학교에 갔으니까.

중학교 때, 나에게 가장 괴로운 추억을 만든 하즈키. 그의 자각 없는 다정함의 폭주가 일어나지 않도록, 비올라는 가장 가까운 곳에서 하즈키를 지켜봐 주고 있다.

물론 나를 니시키즈타 고등학교에 보낸다는 이유도 있었겠지만, 그것만이 아니다. 비올라는 나를 지키기 위해 토쇼부 고등학교로 가 주었다.

내가 두 번 다시 중학교 동창생들과 얽히지 않도록.

"당신이 중학교 때 알던 사람들과는 아무도 만나지 않아도 돼. 이걸로 조금은 마음이 후련해졌어?"

"그, 래. …조금은 쓸쓸하지만…."

"쓸쓸해?"

"신경 안 써도 돼."

중학교 시절에 같은 학교였던 사람들은 더 이상 만나고 싶지 않다.

하지만 딱 한 명 예외가 있어.

딱 한 명, 내가 신용할 수 있는 후배 여자애.

조금 얼빠졌지만 항상 솔직… 아니, 본능에 따라 행동하는 씩 씩한 여자애.

이상한 짓을 하고, 이따금 곤란한 일도 하지만, 고여 있던 내 세계에서 자기 마음 그대로 행동하는 그녀는 빛나 보였다. 표리 도 없이 자신의 모든 것을 드러내는 그녀와 이야기하는 시간만 큼은 중학교 때 내가 유일하게 안심할 수 있었던 시간.

그런 그녀가 상대라면 나도 솔직한 마음이 되어서 비올라의 이야기를 하기도 했다.

'왠지 그 사람은 산쇼쿠인 선배 같은 사람이네요! 그렇다면 무 지무지 멋진 사람일 게 틀림없습니다! 뭐, 제 다음이지만요! 우 후훗!'

콧대가 높고 솔직한 말. 귀여운 미소.

묘하게 귀여워져서 머리를 쓰다듬으면 기분 좋은 듯이 '우후 후훙~' 소리를 낸다.

분명 몰랐겠지.

당신이 있어 준 덕분에 얼마나 내가 힘을 얻었는지.

그 애는 잘 지내고 있을까?

"저기, 그래서… 팬지 쪽은?"

기대가 반, 불안이 반이라는 시선을 보내는 비올라. 오늘 나와 만난 것은 결코 자기 이야기를 하기 위해서가 아니라 내게서 이야기를 듣기 위해서겠지. 가슴속에 독이 생겨났다.

"만났어, 키사라기랑."

일방적으로 말을 들었을 뿐이지만.

"……! 어, 어땠어? 설마 좋아하게 되었다든가…."

"그럴 리 없어."

"그, 그래! 죠로는 더러운 흑심으로 넘쳐나고, 항상 저속한 행동밖에 하지 않으니까! 팬지가 좋아하게 될 리가 없어!"

이 애는 정말로 키사라기 아마츠유를 좋아하는 걸까? 이해하기 어려운 발언이야….

"이, 있잖아, 팬지. 키사라기랑 오오가… 친하게 지내고 있어?"

"안심해. 아주 사이좋은 친구야. 당신이 걱정하는 일은 아무것도 일어나지 않았어."

입학한 뒤로 몇 번이나 키사라기 아마츠유와 오오가의 모습을 보았지만, 두 사람은 정말로 사이좋은… 정말로 절친이라고 해야 할 친구 사이였다.

"다행이다…. 정말로 다행이야…."

역시 불공평해.

그저 친구와 사이좋게 지낼 뿐인데, 비올라에게 이런 미소를 짓게 하니까.

"하지만 오오가는 키사라기에게 뭔가 생각하는 바가 있는 모양인지, 이따금 조금 복잡한 표정으로 그를 볼 때가 있어."

내 안의 독이 살짝 넘쳐났다.

비올라의 행복을 내가 아니라 키사라기 아마츠유가 끌어냈다고 느꼈으니까.

"그렇, 구나…. 그럼 어떻게 두 사람의 인연을 회복시킬지 생각해야…."

키사라기 아마츠유의 이야기가 시작된 순간, 바로 그를 생각하기 시작했다.

일그러진 키사라기 아마츠유와 오오가의 인연을 원래대로 되돌리고 싶다.

그게 비올라에게 최우선 사항. 하지만 나는 아니다.

내 최우선 사항은 키사라기 아마츠유의 인연을 완전히 파괴하는 것이다.

한 번 이야기해 보고 바로 알았다. 그런 남자는 비올라에게 어울리지 않는다.

그런 사회의 쓰레기는 이 세상에서 소멸하는 게 낫다.

"이런 건 어떨까? 팬지가 죠로와 오오가랑 친해지는 거야! 그리고 타이밍을 봐서 한 번 서로 솔직한 마음을 털어놓는 기회를 만들어. 그러면 한차례 험악해질지도 모르지만, 그 뒤에 분명 더 멋진 관계로…."

"지금의 내가 키사라기와 친해질 방법은 없다고 생각하는데?"

근본적으로 친해지고 싶지 않다는 마음은 제쳐 두고.

"후후. 그건 괜찮아. 죠로에게 '당신의 본성을 알고 있다'고 전해. 그렇게 해서 그와 필연적으로 함께 보내는 시간을 만들면 오오가도 함께 있게 될 거야."

"친해지는 게 아니었어?"

"협박한 뒤에 친해지면 문제없지 않을까?"

전제조건이 잘못되었다는 생각밖에 안 들어.

"싫어. 나는 최대한 얽히고 싶지 않아."

"그건 나를 위해? 나한테 걱정을 끼치지 않으려고⋯."

아니. 그저 순수하게 키사라기 아마츠유가 싫으니까.

거짓말쟁이에, 자기 욕망에 충실하고, 남을 속이고.

"나는 신경 안 써도 돼. 그러니까 죠로를⋯."

비올라가 가장 소중히 생각하는 키사라기 아마츠유가 싫으니까.

"⋯조금 더, 다른 방법이 없는지 생각해 볼게."

어떻게든 비올라가 눈을 뜨게 해야 한다.

이대로 키사라기 아마츠유에게 사로잡혀 있으면, 비올라는 절대로 행복해질 수 없다.

이 이상 비올라가 상처 입지 않도록, 비올라의 환경이 좋아지도록, 키사라기 아마츠유의 인연을 파괴하는 것은 물론, 비올라가 가진 키사라기 아마츠유에 대한 마음도 파괴해야만 한다.

그걸 위해 필요한 것은 비올라가 키사라기 아마츠유에게 환멸하게 되는 계기. 비올라가 키사라기 아마츠유에게 연심을 품은 것은 그가 자기 욕망보다도 오오가를 우선했기 때문이라고 들었다.

그럼 그게 착각이었다는 걸 알게 되면?

예를 들어 키사라기 아마츠유가 오오가 이상으로 자기 욕망을 우선하면 비올라의 마음은 사라지지 않을까?

그래…. 그 수단이 있었다.

내가 혐오하는 내 본래 모습.

싫어도 시선을 모으는 그 모습을 사용하면 키사라기 아마츠유를 속일 수 있을지도 모른다.

키사라기 아마츠유에게 사용할 덫이 결정되었다.

그 남자가 오오가를 위해 행동한 순간, 내가 방해하면 된다.

물론 니시키즈타 고등학교의 내가 아니다. 본래의 모습이 된 내가 키사라기 아마츠유에게 말을 건다.

그것을 실행할 수 있는 딱 좋은 장소도 이미 점찍어 뒀다.

자유 참가이긴 하지만, 거의 모든 학생이 참가할 커다란 행사.

키사라기 아마츠유도 반드시 참가하고, 목청껏 응원할… 고교 야구 지역 대회.

거기에 나는 본래 모습으로 간다. 그리고 키사라기 아마츠유를 속일 수 있다면… 분명 비올라는 눈을 떠 준다. 키사라기 아마츠유를 향한 마음을 지워 준다.

　비올라의 친구로서 반드시 해내겠어.

나를 좋아하는 건
너뿐이냐

나는 잃어버린다

제 **4** 장

12월 27일.

타임리밋은 시시각각 다가오고 있다.

하지만 나는 아직 녀석에게 도달하지 못했고 실마리도 찾지 못하는 상황이었다.

유일한 희망은 아스나로가 준 '든든한 타자'라는 말뿐.

그 인물과 만나게 된다면 나는 지금 상황을 바꿀 수 있을지도 모르지만, 도무지 전혀 짐작이 가지 않았다.

결국 오늘도 나는 어제와 마찬가지로….

"후후후. 안녕, 죠로."

코사이지 스미레와 만났다.

시각은 11시 30분. 점심 식사 전에 합류한 것은 어제 귀가하는 길에 코사이지 스미레가 '내일은 죠로랑 같이 어딘가에서 점심을 먹고 싶어'라고 했으니까. 대체 어디로 데려갈 생각인지 궁금하긴 하지만,

"왜 그쪽 차림이야?"

그 이상으로 궁금한 것은 코사이지 스미레의 모습.

어제까지는 본래 모습에 살짝 멋을 부린 옷차림이었다.

하지만 오늘은 다르다. 한쪽으로 땋은 머리에 둥근 안경, 갈색의 롱스커트에 회색 코트.

아무래도 꽤 수수한 모습이었다.

"'오늘의 사정'을 감안한 결과, 이쪽이 낫다고 생각했어."

담담하니 감정이 느껴지지 않는 한마디.

지금까지와 같은 톤이지만, 오늘은 이런 모습으로 그러니 한층 무감정하게 느껴졌다.

대체 무슨 생각으로…라는 건 물어봐도 답해 주지 않겠지.

'추억 하나에 사정 하나.'

아직 추억을 만들지 않은 이상, 코사이지 스미레가 내게 사정을 말하진 않을 것이다.

"알았어. 그래서 오늘은 어디 가는 거야?"

"어머? 기대돼?"

"내 지갑에게 마음 편한 장소인지 걱정돼서."

"후후후. 여전히 솔직하지 않다니까."

전력으로 솔직한 마음인데, 언제나 그렇듯이 포지티브 싱킹이 발동.

정말로 이 여자는 귀찮기 짝이 없다.

"됐으니까 얼른 안내해."

"기다려 줘. 아직 한 명 더 와야 해."

"뭐? 너는 무슨…."

"…참나. 왜 내가…… 아니, 죠로오오오오오?!"

"뭐야아아아아아?!"

예상 밖의 인물이 등장해서 무심결에 소리쳤지만, 놀란 건 저쪽도 마찬가지였던 모양이다.

나타난 것은 카리스마 그룹의 리더이고, 평소에는 다정하지만 화나면 귀신보다도 무서운 청초한 야수로 변하는….

"사잔카…. 왜 여기에?"

나와 같은 반인 사잔카＝마야마 아사카다.

"나도 네가 있다는 이야기는 못 들었어! 아니, 어떻게 된 거야?!"

사잔카가 감정을 폭발시키며 코사이지 스미레를 노려보았다.

"오늘은 죠로랑 사잔카랑 같이 점심을 먹고 싶었어."

나와 사잔카의 의문에 담담한 태도를 유지한 채로 코사이지 스미레가 대답했다.

"뭐야, 그게?! 나는 '중요한 이야기가 있다'고 들어서…."

"거짓말은 안 했어."

"……! 너 이렇게 나왔겠다?"

"그래. 이렇게 나왔어. …후훗."

떫은 표정을 하는 사잔카와 대조적으로 기분 좋은 표정을 하는 코사이지 스미레.

아무튼 내가 이해한 것은, 사잔카는 코사이지 스미레의 덫에 걸려서 여기에 나왔다는 점.

뭐, 그게 아니면 오지 않았겠지.

사잔카가 지금 가장 만나고 싶지 않은 상대는 틀림없이 나일 테니까….

"자, 얼른 가자. 죠로, 사잔카."

"알았어…." "알았어."

온 이상 돌아갈 수도 없어서, 나와 사잔카는 코사이지 스미레의 뒤를 따르는 형태로 떨떠름하게 발걸음을 옮겼다.

"후후후…. 드디어 죠로와 패스트푸드점에 왔어. 오늘은 기념해야 할 해피 스마일 러블리 DAY야."

""…….""

두 손으로 햄버거를 들고 먹으면서 아주 기분 좋은 듯이 절묘하게 별로인 말을 하는 코사이지 스미레.

일절 말을 하지 않고 묵묵히 감자튀김을 먹는 나와 사잔카. 이 무거운 분위기를 전혀 느끼지 않는 코사이지 스미레의 심장의 강도는 아마도 다이아몬드에 필적하겠지.

"죠로, 대화가 없는 건 재미없어."

"누구 때문이라고 생각해?"

"보기에 따라서는 죠로 때문이라고도 할 수 있어."

"정말로 너는 괜한 소리밖에 안 하는구나!"

확실히 내 탓이기도 하지만!

그렇긴 해도 이런 상황을 만들 필요는 없잖아!

"그렇게 칭찬해 주면 부끄럽잖아."

요상하게 굼실대기 시작했다. 외모가 그런 것도 있어서 정말로 촌스럽다.

하아…. 희미하게… 아니, 확실하게 '오늘의 사정'을 알았어….

그저께의 코스모스, 어제의 히마와리, 그리고 오늘의 사잔카.

이 녀석은 나와 사잔카를 화해시킬 생각이다.

그 마음은 고맙다. 하지만 그렇게 간단한 이야기가 아니야.

분명히 코스모스나 히마와리와의 인연은 조금 되찾을 수 있었다.

하지만 그렇다고 해서 사잔카와의 인연도 되돌릴 수 있을 거라는 확증은….

"사잔카. 나는 당신하고도 이야기를 하고 싶어."

"무리. 이 상황은 나로서도 힘드니까."

일도양단. 이 자리에서 떠나지는 않지만, 자기를 덫에 빠뜨린 코사이지 스미레에 대해 분노를 품은 모양인지 야수처럼 날카로운 시선으로 노려보았다.

"하지만 협력해 주는 거지?"

"그래. 필요 최소한, **팬지에게는** 협력할게."

그 말이 어떤 의미를 갖는지는 바로 알았다.

"그럼 문제없어. 내가 팬지니까."

중학교 때와 마찬가지로 한쪽으로 땋은 머리에 둥근 안경인 모습.

왜 그쪽 모습을 택했는가 하면 그 이유는 혹시….

"그럴지도 모르지만, 내가 협력하는 건…."

"불렀더니 나왔잖아?"

"……! 따, 딱히! 우연히 한가했으니까 왔을 뿐이야! …그리고 너한테 조금 흥미가 있었으니까…. 그 애가 아주 소중한 친구라고 하는 녀석이 어떤 애인지 확실히 알고 싶었으니까 왔을 뿐이야!"

창피한지 고개를 돌리며 사잔카가 그렇게 말했다.

하지만 그 뒤로 냉정을 되찾고,

"나는 다른 애들하고 달라. 그 애들은 마음이 착하니까 너를 위해 힘이 되어 주지. …나는 달라. 아무것도 안 해. 아무것도 안 하는 게 내 식으로 협력하는 거야."

방금 전에 나에게 한 것과 비슷한, 차가운 말을 코사이지 스미레에게 던졌다.

아무래도 사잔카는 다른 애들과는 다른 자세로 녀석에게 협력하는 모양이다.

그러고 보면 크리스마스이브에 '따끈따끈한 튀김꼬치 가게'를 찾았을 때도, 사잔카만큼은 코사이지 스미레에게 조금 다른 태도를 보였지.

아직 신용해야 할지 말아야 할지 고민하는 듯한, 다소 서먹서먹한 태도로… 어쩌면 아스나로가 말했던 '든든한 타자'의 정체는….

"죠로. 말해 두겠는데, 네게도 협력 안 해."

"아, 알고 있어⋯."

그렇겠지. 그럴 리가 없어⋯.

내가 보낸 기대의 시선에 돌아온 것은 얼어붙는 듯한 목소리.

1학기 때 있었던 세 다리 사건 때의 일이 좀 떠올랐다.

"하지만 사잔카는 괴롭지 않아?"

"뭐?! 무슨 의미야?"

이런⋯. 아무래도 코사이지 스미레와 사잔카의 궁합은 별로 안 좋은 건지, 아까부터 분위기가 험악해지고 있다.

"저, 저기, 두 사람 다⋯."

"죠로는 조용히 해. 지금은 내가 사잔카랑 이야기하고 있어."

"윽!"

담담하면서도 무게감 있는 말에 거스르지 못하여 입을 다물었다.

하지만 이대로 가다간 진짜로 돌이킬 수 없는 사태가⋯.

"사잔카, 나는 당신이 죠로와 지금 이런 관계를 바라는 걸로는 생각되지 않아."

"그래서 뭐? 바라든 바라지 않든 관계없잖아. 나는⋯."

"당신의 마음은 잘 알아."

"알 리가 없어!"

사잔카의 난폭한 말이 가게 안에 울렸다. 필연적으로 가게 안

의 주목을 모았지만, 코사이지 스미레도 사잔카도 신경 쓰는 기
색은 없었다.

"알아."

"너, 적당히 좀…."

"나도 마찬가지였으니까…."

"…뭐?"

코사이지 스미레의 예상 밖의 말에 사잔카는 지금까지의 기세
를 잃었다.

코사이지 스미레와 사잔카가 마찬가지? 대체 무슨 소리야?

"나는 옛날부터 계속 죠로를 좋아했어. …하지만 한 번 그 마
음을 포기한 적이 있었어. 나에게는 어울리지 않는다, 나는 곁
에 있을 수 없다. 그렇게 결심하고 죠로에게서 멀어지는 걸 택
했어."

"그, 래?"

"응. 그래서 나는 니시키즈타 고등학교로 진학하지 않았어. 소
중한 친구와 함께 다니기로 약속했는데, 그걸 뒤엎고 다른 학교
에 가기로 했어."

코사이지 스미레가 왜 니시키즈타 고등학교로 진학하지 않았
을까?

아직 명확하게 그 이유는 모른다. 하지만 그 편린이 보인 듯했
다.

"죠로와 거리를 두면 내 마음도 언젠가 사라질 거라고 생각했어. 하지만 틀렸어…. 머리로 아무리 포기하려고 해도, 마음이 포기해 주질 않았어."

"그럼 그 뒤로 넌 어떻게 했어?"

아까와 달리, 마치 도움을 청하는 듯한 목소리로 사잔카는 그렇게 물었다.

"친구가 도와주었어. 평소에는 아주 한심한 애인데, 그때만큼은 아주 든든하게 나를 격려해 주었어. 그 애 덕분에 나는 죠로를 계속 좋아할 수 있었어."

대체 누가 코사이지 스미레를 도왔을까….

그런 건 생각할 것도 없다.

"그때 결심했어. 나는 내 마음이 없어질 때까지 죠로를 계속 좋아할 거야. 설령 죠로가 다른 애를 좋아해도 상관없어. 연인이 있어도 상관없어."

"괴롭지 않아?"

"억지로 포기하고 죠로와 떨어졌을 때와 비교하면 전혀 괴롭지 않아."

"…그래."

고등학생이 된 뒤로 나는 한 번도 코사이지 스미레를 만나지 않았다.

그동안 나는 그런 건 전혀 신경 쓰지 않고 러브 코미디 주인공이 되어 주겠다는 시답잖은 계획이나 세웠는데, 코사이지 스미레는….

"그러니까 사잔카도 포기하면 안 돼. 혹시 그 마음이 없어졌다면 무시해도 돼. 하지만 남아 있다면 포기하면 안 돼."

"…그게 네가 할 말이야? 분명히 말해서 너한테는 안 좋은 말이잖아?"

"괜찮아. 죠로에게는 좋은 말이니까."

"왠지 그건 그거대로 열 받는데?"

"자기 힘으로 좋아하는 사람을 기쁘게 할 수 있다면, 그 이상 행복한 일은 없다고 생각하지 않아?"

"아, 그건 그럴지도…."

정말로 이 녀석은 자기보다도 나를 우선하려고 든다.

고집쟁이에 방약무인한 주제에 왜 이런 일을….

"응! 정했어!"

마치 뭔가가 떨어져 나간 것처럼 시원시원한 목소리로 사잔카가 말했다.

"죠로! 난 역시 널 좋아해! 그러니까 네 곁에 있고 싶어! 아니! 내가 멋대로 곁에 있을 거니까!"

"어?! 뭐? 아니, 그건…."

"상관없잖아? 너한테 폐를 끼칠 생각은 없고!"

"뭐, 그럴지도 모르지만…."

하지만 사잔카의 마음에 나는 응할 수 없잖아?!

"좋았어! 그럼… 자!"

사잔카가 씩씩하게 내게 손을 내밀었다.

"화해의 악수야! 자, 얼른 해!"

"어, 어어…."

조금 작은, 하지만 힘 있는 손을 나는 붙잡았다.

그러자 나보다 훨씬 강한 힘으로 붙잡아 오고….

"후후훗! 졸업까지는 1년이 있어! 아직 기회는 있어!"

여러 의미로 무시무시한 말을 사정없이 던져 왔다.

…응? 왠지 코사이지 스미레가 내 옷자락을 꾹꾹 잡아당기는데….

"죠로, 나는 독점욕이 강해. 그러니까 당신이 다른 여자랑 일정 이상 친하게 지내면 엄청나게 질투할 거야."

"자기가 이 상황을 만들어 놓고서 할 말은 아니잖아?!"

"그건 그거. 이건 이거야."

지리멸렬한 것도 정도가 있습니다만?!

"하지만 물론 죠로의 변명도 이해돼. 그러니까 여기서는 절충안으로 가자."

"절충안?!"

"실은 난 이전부터 감자튀김을 아~앙 하며 받아먹는 것에 심상찮은 흥미를 품고 있었어. …그럼 알겠지?"

"앗! 팬지만 비겁해! 죠로! 나도….”

"자기 손으로 먹어.”

"못됐어.” "분위기 좀 읽어….”

노골적으로 기분이 상해서 다람쥐처럼 감자를 먹는 코사이지 스미레와 사잔카.

그 모습을 보기만 해도 묘하게 마음이 편안해져서… 오늘은 오길 잘했다.

그렇게 생각하는 스스로를 확실히 자각했다.

그 뒤로 우리는 패스트푸드점에서 점심을 다 먹은 뒤에 셋이서 시내를 돌고, 사잔카가 곧잘 카리스마 그룹 애들과 간다는 카페에서 꽤나 맛있는 쇼트케이크를 먹으며 충실한 하루를 보냈다.

돌아오는 길에 코사이지 스미레에게 "'오늘의 사정'은 나와 사잔카의 관계 개선인가?"라고 물었더니,

"팬지가 일그러뜨린 것은 팬지가 되돌려. 그게 '오늘의 사정'이야.”

마치 자기가 진짜라고 말하는 듯한 말.

오늘도 녀석에 도달할 만한 실마리를 전혀 얻을 수 없었다.

하지만 나는 그걸 분하게 여기지 않게 되었다.

※

12월 28일.

세간은 연말연시를 향해 바쁘게 준비를 하는 나날.

나는 내가 새해를 맞는 것에 누구보다도 소극적인 듯했다.

앞으로 사흘. 사흘 뒤면 녀석과 코사이지 스미레의 생일인 12월 말일을 맞는다.

혹시 그때까지 녀석에게 도달하지 못하면, …이전과 같은 관계로 돌아갈 수 없겠지.

물론 만날 수는 있다.

같은 학교에 다니는 이상, 3학기가 되면 틀림없이 만날 수 있다.

하지만 그건 어디까지나 **만날 수 있을 뿐**이다. 같은 학교에 다니는 동급생. 잘해야 친구.

그런 공포와 동시에 생겨나는 나의 또 다른 감정.

스스로를 '팬지'라고 말하는 소녀의 존재가 착실히 내 안에서 커지는 것이다.

머리로는 아무리 부정하려고 해도 마음이 따라 주지 않는다.

크리스마스이브에 갑자기 나타난 소녀는 나에게 이상적인 여자였다.

내가 망가뜨린 모든 인연을 혼자서 수복하고, 곁에 있으며 도

190

와준다.

　반대로 녀석은 어떻지? 아무것도 하지 않는다. 모습도 보이지 않고, 목소리도 들리지 않는다.

　그것이 나에 대한 대답 아닐까?

　그럼 이제 만날 수 없어도 되는 거 아닌가?

　녀석은 코사이지 스미레 대신 '팬지'로서 곁에 있었을 뿐이야.

　녀석은 처음부터 너를 좋아하는 것도 아니었어.

　그럼 네가 좋아하게 된 건 누구지?

　녀석인가? 코사이지 스미레인가?

　"그딴 건 몰라⋯."

　대답이 나오지 않는 자문자답에 반쯤 자포자기로 그렇게 말했다.

　어젯밤, 다시 전화를 걸어 보았다. 연결되지 않았다.

　코스모스도 히마와리도 아스나로도 사잔카도⋯ 아니, 니시키 스타의 도서실 멤버들은 다들 사정을 파악하고 있겠지만, 나에게 가르쳐 주지 않는다.

　내가 지금까지 아무리 힘든 문제와 맞닥뜨렸어도 어떻게든 뛰어 넘어온 것은 도서실 멤버들이 있었기 때문이다. ⋯그런 모두의 힘을 이번만큼은 빌릴 수 없다.

　이렇게까지 외톨이가 된 것은 처음일지도⋯.

　아니, 곁에 아무도 없는 건 아니야⋯.

딱 한 명. 나를 좋아한다고 호언하며 나를 위해 행동해 주는 소녀가 있다.

그러니까 나는 오늘도 녀석과 만나기 위해 약속 장소로 발을 옮겼다.

"안녕, 죠로. 오늘도 춥네."

"그래."

오늘은 땋은 머리에 둥근 안경 차림이 아니라 본래 모습.

살짝 날카로운 흑진주 같은 눈동자, 부드러운 머리카락, 잘 갖추어진 몸매를 롱코트로 가린 그 소녀의 이름은 코사이지 스미레. 통칭 '비올라'라고 불렸던, 내 중학교 때 동급생이다.

약속 장소는 우리 집에서 제일 가까운 역. 시각은 오전 9시.

아무래도 오늘은 조금 멀리 나가려는지, 지금까지보다도 더 이른 시간에 합류하게 되었다.

"죠로. 사실을 말하자면 장갑을 의도적으로 잊고 왔어. 그러니까 어떻게든 온기가 필요해. …그다음은 알지?"

"멋대로 해."

"후훗…. 그럼 그러도록 할게."

기분 좋게 내 손을 잡는 코사이지 스미레.

처음에는 그렇게 싫어했는데, 최근의 나는 코사이지 스미레의 이 행동을 거절하지 않게 되었다. …대체 언제부터지?

혹시 처음부터 진짜로 싫어하지 않았을지도….

"그래서 오늘은 어디 가는 거야?"

"어머? 그렇게 나와 밀착밀착 행복행복 데이트를 기대했어?"

장난스러운 눈동자가 나를 바라보았다.

기대하고 있었는지는 스스로도 잘 모르겠지만, 솔직히 인정하기는 싫다.

"순수한 호기심이야."

"싫어하지 않는다면 만족이야."

정말로 이 녀석은 포지티브 싱킹이 심해….

"오늘은 죠로와 함께 바다에 가고 싶어."

"이 계절에?"

"응, 그래."

"지금까지의 인생에서 겨울에 바다에 간 경험은 없는데."

"그럼 꼭 가야겠네. 죠로의 처음을 손에 넣을 수 있는 기회니까."

대체 어디에서 그 동기를 찾는 걸까.

그런 건 그리 대단하지도 않은 일이잖아.

"수영복 준비도 했으니까 죠로는 안심하고 알몸으로 들어가도 괜찮아."

"전혀 안심할 수 없고, 애초에 안 들어가!"

"이해가 안 돼…. 죠로 정도로 성욕 덩어리라면, 내 수영복을 보고 싶어서 기꺼이 알몸이 되리란 계산이었는데…."

"그럴 리 있겠냐!"

겨울 바다에 알몸으로 돌격할 만큼 정신적으로도 육체적으로도 터프하지 않다고.

※

이미 연말 시즌이지만, 일본인은 성실하게 일하는 사람이 많은지 오전 9시의 전철은 다소 혼잡했다. 혼잡한 전철이란 것은 개인적으로 별로 환영하고 싶지 않지만, 코사이지 스미레는 '이것으로 합법적으로 밀착 가능이야'라며 기분 좋게 내게 몸을 밀착시켰다.

마치 심장 소리를 확인하듯이 가슴에 귀를 대고 미소 짓는 코사이지 스미레.

커다란 행복과 약간의 수치심을 품은 그 표정은 매력적이라서, 좋든 싫든 내 심장 고동은 빨라졌다. 그런 전철 속에서 90분. 우리는 목적지인 바다에 도착했다.

"아무도 없네."

"시기가 시기니까."

평일의 오전 10시 30분, 계절은 겨울.

그런 조건에서 이런 장소에 오는 녀석은 좀처럼 없는지, 주위에는 아무도 없었다.

잔잔한 파도 소리, 바다 냄새.

세상에 나와 코사이지 스미레만 남은 듯한 착각을 주는 그 풍경은 어딘가 환상적이고, 말이 아니라 마음으로 감정을 공유할 수 있는 신기한 힘을 품고 있었다.

전에 여기에 온 건 여름 방학 때였지.

그때는 도서실 멤버들… 그리고 자기도 같이 가고 싶다고 떼를 쓴 바보와 솔직해질 수 없는 남자도 함께 있어서, …즐거웠어.

"응? 뭐 하는 거야?"

"신발을 벗고 있어. 모처럼 죠로와 둘이서 바다에 왔잖아. 조금 정도는 들어가야 해. 죠로도 같이 들어가자."

"…알몸은 안 될 거야."

"알고 있어. 그러니까 발만. 그 이상은 내년 여름을 기대할게."

내년 여름. 고등학교 3학년, 마지막 여름 방학에 코사이지 스미레와 함께 바다에 온다.

수영복 차림의 코사이지 스미레를 보며 가슴 뛰는 나. 들키지 않으려 행동하지만, 결국 다 들켜서 장난스러운 미소가 날아온다.

물론 단둘은 아니다. 거기에는 니시키즈타의 도서실 멤버들도 있고….

"예상 이상으로 차가워."

맨발로 바다에 들어가는 코사이지 스미레. 롱스커트가 젖지 않도록 두 손으로 들어 올린 그 모습은 겨울 바다의 분위기도 있어서 꽤나 예쁘게 보였다.

그 모습에 이끌리듯이 나도 신발과 양말을 벗고 바지를 걷어 올린 뒤 바다에 들어갔다.

분명히 예상 이상으로 차갑군. 너무 오래 들어가 있으면 안 될지도 모르겠다.

"실패했어. 이래선 죠로랑 손을 잡을 수 없어."

"지금 정도는 포기해."

"그건 나중이라면 잡아도 된다는 소리일까?"

"무슨 말을 하든 할 거잖아?"

"응, 그래. …후훗."

내 대답에 만족했는지, 코사이지 스미레는 두 손으로 스커트를 들어 올린 채로 마치 춤이라도 추듯이 바다 안에서 귀엽게 스텝을 밟았다.

어이, 괜찮아? 파도도 있는데 균형이 무너지면… 아.

"꺄악!"

"위험해!"

내 안 좋은 예감은 정말로 잘 맞는다.

예상대로 바다에서 뛰놀던 코사이지 스미레는 균형을 잃어서 발만이 아니라 온몸이 바닷물에 젖게 생겼기에, 나는 재빨리 그

몸을 껴안아서 쓰러지지 않도록 했다.

"조, 조심해⋯."

"으, 응⋯. 미안해⋯."

"" ⋯⋯. ""

이런⋯. 우연이라고 해도 이 상황은 꽤나 안 좋다.

분명히 말해서 무진장 가깝다. 조금 얼굴을 움직이면 정말로⋯.

"이, 이제 나가자!"

"그, 래⋯. 그럴게."

그 일선을 넘지 않도록 나는 코사이지 스미레의 몸을 떼어 낸 뒤에 바다에서 나갔다.

그리고 "이걸 써. 미리 준비했으니까."라는 말과 함께 어딘가 자랑스럽게 꺼내는 타월을 빌려서 발을 닦고 다시 양말과 신발을 신었다.

"그럼 다음에는 이걸 하자."

"계절적으로도 시간적으로도 많이 이상하다고 생각하는데?"

코사이지 스미레가 가방에서 꺼낸 것은 선향 불꽃놀이. 이런 시기에 대체 어디서 입수한 걸까 하는 의문은 있지만, 그걸 언급하지는 않았다.

왠지 모르게 코사이지 스미레가 하고 싶은 것이 서서히 보이기 시작했기 때문이다.

분명 이 녀석은….

"가급적 빨리, 그리고 농후하게 여름 방학의 예정을 소화하고 싶어."

그런 거겠지.

계절에 어긋난 바다와 불꽃놀이. 이건 코사이지 스미레가 본래 여름 방학에 나와 하고 싶었던 것.

아니, 오늘만이 아니다.

어제도 그저께도 코사이지 스미레는 나와 함께 하고 싶었던 것을 실현했다.

혹시 녀석이 아니라 자기와 보냈으면, 이런 경험을 했을 거라는 메시지를 담은 듯해서, 좋든 싫든 비교하게 된다.

녀석보다 고집이 센 코사이지 스미레. 마음을 말이 아니라 행동으로도 보이고, 어떤 때라도 나를 놓치지 않으려는 듯 용의주도한 계획을 실행한다.

그러니까 나는 필연적으로 코사이지 스미레를 보게 된다.

"그럼 할까."

"후훗, 고마워. 어느 쪽이 오래 버틸지 승부하자."

코사이지 스미레에게 선향 불꽃을 하나 받아서 불을 붙였다.

파도와 바람 소리와는 다른, 어딘가 경쾌하며 아련한 소리를 내는 선향 불꽃을 나는 멍하니 바라보았다.

"추억 하나에 사정 하나. '오늘의 사정'은 전해졌어?"

불꽃놀이를 시작하고 10초 뒤, 코사이지 스미레가 내게 물었다.

"차이를 보여 주고 싶었지?"

"아주 기뻐."

녀석과 매우 비슷한 코사이지 스미레.

하지만 두 사람은 혈연이고 뭐고 없는 남이다. 그러니까 명확한 차이도 있다.

녀석 대신이 아니라 자신을 이해해 달라, 코사이지 스미레를 좋아해 달라.

그것이 '오늘의 사정'이다.

"잘 이해해 준 답례로 어떤 질문이든 정직하게 대답해 줄게."

예상 밖의 말이었다.

어제까지의 나는 어떻게든 코사이지 스미레에게서 녀석의 정보를 캐내려고 했다.

아쉽게도 예상 밖의 개입자 때문에 답답한 심정으로 끝났지만, 오늘은 다르다.

여기에는 나와 코사이지 스미레밖에 없다.

덤으로 본인에게서도 '어떤 질문이든 정직하게 대답한다'라는 보증까지 붙었다.

이런 기회는 두 번 다시 안 올지도 모른다.

이걸 놓치면 녀석에게 도달할 수 없을지도 모른다.

그래도….

"비올라의 이야기를 들려줘."

나는 본래의 목적과 다른 질문을 했다.

어째서지?

코스모스에게 코사이지 스미레의 사정을 알아야 한다는 말을 들었으니까?

히마와리와 봄 방학에는 넷이서 놀기로 약속했으니까?

사잔카가 '앞으로도 계속 좋아한다'는 말을 해 주었으니까?

"내 이야기?"

"비올라는 왜 나를 좋아하게 되었어? 솔직히 말해서 너는 미인이야. 그리고 공부도 잘하고, 성격도 나쁘지 않아. 나보다 좋은 남자라도 얼마든지 잡을 수 있잖아."

"죠로보다 좋은 사람은 없어."

화난 기색으로 뺨을 불룩이면서 불만스러운 시선을 보내왔다.

"과찬이야. 나는 전혀 대단할 거 없어…."

"죠로는 대단한 사람이야. 아주 훌륭하고 매력적인 사람. 그러니까 자기를 비하하지 말고 자기를 믿어 줘."

"가능하다면, 자신감이 생길 무언가를 가지고 나서 그러고 싶은데."

"내가 **있어.**"

"그런 건…."

거기까지 말했을 때 말이 멈췄다.

필연인지 우연인지 모른다. 하지만 코사이지 스미레의 '내가 있어'라는 말. 그건 1학기 때 내가 녀석과 크게 싸웠을 때 들은 말과 같았다.

그때는 내 마음에 솔직해질 수 없어서 실패했다.

녀석에게 도움을 받는 내가 한심해서, 고집을 부리며 거절했다.

하지만 지금의 나는….

"고마워. 그렇게 말해 주니 조금은 자신이 생겼어."

실패를 거듭하지 않기 위해서, 코사이지 스미레를 슬프게 하지 않기 위해서, 어쩌면 그 양쪽을 달성하기 위한 말을 택했다.

"그래, 죠로는 대단한 사람이니까. 혹시나 또 자신이 없어질 것 같으면 언제든지 말해 줘. 몇 번이든 가르쳐 줄 테니까."

살짝 몸을 이동시켜서 달라붙듯이 내 어깨에 자기 머리를 올리는 코사이지 스미레.

혹시 내가 그때 솔직해졌다면 이런 미래가 찾아왔을지도….

"아."

선향 불꽃의 불똥이 똑 하고 떨어졌다.

거의 동시였지만, 아슬아슬한 차이로 승리한 것은 나.

왠지 모르게 항상 희롱당했으니까 코사이지 스미레에게 이긴 사실이 기뻤다.

이걸로 불꽃놀이라는 목표는 달성되었다.

하지만 코사이지 스미레는 내게서 떨어지려고 하지 않고, 나도 코사이지 스미레에게서 떨어지려고 하지 않았다.

"나는 말이지, 초등학생 때 남자들한테서 인기가 많았어."

모래사장에 떨어진 선향 불꽃을 바라보면서 코사이지 스미레는 그렇게 말했다.

"초등학교 고학년이 되었을 즈음부터, 이상하게 남자들이 잘해 주게 되었고, 내 주위는 더러운 흑심을 가진 남자들로 넘쳐나게 되었어."

비슷한 이야기를 들은 적이 있다. 하지만 코사이지 스미레는 그걸 초등학생 때에 경험했나.

녀석보다 이르잖아….

"'힘든 일이 있으면 바로 말해', '곤란한 일이 생기면 도와줄게', '나는 반드시 네 편이야', 누구한테도 할 수 있는 진부한 말, 선의의 탈을 쓴 자기만족…. 나는 그게 너무나도 싫었어. 그러니까 내 감정에 따라 남자들을 거절했어."

최소한의 저항밖에 하지 않았던 녀석과 달리 코사이지 스미레는 꽤나 확실히 거절했던 모양이다. 하지만 그건 문제 아닌가?

"그랬더니 여자들이 싫어하더라고. '나대지 마', '공주님이라도 되려고?'라고. 정말로 안 좋은 소리를 실컷 들었어."

역시나. 그렇게 되겠지….

"그렇게 나는 일그러졌어. 이런 모습으로 태어났으니까 필요 없는 마음고생을 품었어. 두 번 다시 다른 사람은 믿지 않는다. 어떤 문제건 내 힘만으로 뛰어넘자. 주위 인간들을 모두 '악(惡)' 이라고 보고, 결코 마음을 열지 않고 경멸하게 되었어. 아마 지금도 그런 면은 남아 있을 거야."

한 명이라도 코사이지 스미레의 이해자가 있었다면 그렇게 되지 않았겠지.

하지만 코사이지 스미레에게는 그게 없었다. 그러니까 이 녀석은….

"그런 마음인 채 초등학교를 졸업한 나는 양친에게 부탁해서 이사를 가고, 중학교에 입학하는 동시에 내 외모를 바꾸고 학교를 다니기 시작했어. 두 번 다시 그런 경험을 하지 않도록. 두 번 다시 '악'과 엮이지 않고 살도록…."

그러니까 비올라는 중학교 때 땋은 머리에 안경 차림이 되었나.

처음 보았을 때는 정말로 멋대가리 없는 애가 있구나…라고 생각했지.

"그런 내 착각을 깨닫게 해 준 것이 죠로야."

"어? 나?"

"그래. 중학교 때 죠로는 성욕에 충실하고 모두에게 사랑받기 위해 스스로의 모습을 속이고, 누구에게든 잘 대하는 최악의 남자라고 처음에는 생각했어."

"윽! 그렇긴 하지만….

"아니야. 죠로는 그런 사람이 아니었어. 그건 나의 일방적인 생각. 당신은 내가 못하는 대단한 일을 했으니까."

"그게 뭔데?"

"타인의 장점을 찾는 것이야."

코사이지 스미레가 똑바로 나를 바라보며 그렇게 말했다.

"나는 그 사람이 '악'이라고 판단되면 모든 것을 검게 덧칠해 버렸어. 장점 따윈 하나도 없다고 낙인을 찍었어. …하지만 실제로는 아냐. 사람에게는 장점과 단점이 있어. 단점만 보고 장점을 보지 않으려고 한 나와 달리, 죠로는 장점을 잘 보았어. 정말로 아주 강한 사람이라고 생각했어."

"아니, 딱히 나는….

"죠로 덕분에 나는 깨달았어. 사람에게는 장점과 단점이 있다. 단점만 보고 있으면 중요한 것을 놓치게 된다. 죠로 덕분에 나는 전보다 사람을 싫어하지 않게 되었어. 그러니까 이 말을 하게 해 줘."

"뭐, 뭐를?"

그 질문을 기다렸다는 듯이 활짝 웃음을 띠는 코사이지 스미레.

바라보면 볼수록 코사이지 스미레에 대한 마음이 커져 가는 듯한 공포와 고양감이 내 안에서 자라났다.

"도와줘서 고마워. 좋아해, 죠로."

"적당히 해 줘…."

"죠로, 그게 아냐. 이럴 때는 '별말씀을'이라고 해야지?"

"…별말씀을."

"옵션으로 내 이름을 부를 것, 추가로 열렬한 키스도 희망해."

"나대지 마."

정말이지, 모처럼 분위기가 좋아졌다 했더니 그걸 스스로 박살내고.

그런 마음이 자연스럽게 코사이지 스미레에게서 떨어지는 것을 택하게 했고, 불꽃 때문에 쭈그리고 있던 몸을 일으켰다.

"그럼 여기서의 예정은 다 끝났지?"

"그래. 다음은 조금 늦어졌지만, 죠로가 아르바이트하는 가게에서 점심을 먹고 싶어."

시각은 12시 15분.

지금부터 '따끈따끈한 튀김꼬치 가게'에 가면, 조금 늦은 점심이 되겠지.

"왜 일부러 내가 일하는 가게로?"

"좋아하는 사람에 대해 뭐든지 알고 싶다는 마음이 이상한 걸까?"

"지나치다는 생각도 안 드는 건 아냐."

"그건 어쩔 수 없어. 나는 죠로의 스토커니까."

그런 말까지 듣다니….

정말로 녀석과 코사이지 스미레는 비슷하다.

혹시 어느 쪽이 진짜고 어느 쪽이 가짜냐고 묻는다면 분명 진짜는….

"알았어."

아무리 머리로 거절하더라도, 마음은 따라 주지 않는다.

여기서 코사이지 스미레를 거절하는 것에 어떤 메리트가 있지?

나는 녀석과 마음이 통했다고 생각했다.

하지만 그건 내 착각이고, 그저 일방통행이었다.

녀석의 마음은 가짜고, 코사이지 스미레의 마음이 진짜.

그렇다면 내 마음이 갔던 곳도….

"얼른 가자. …팬지."

"……!!"

예상 밖의 말에 얼굴이 붉어지는 코사이지 스미레.

흥. 매번 그쪽만 희롱할 수 있다고 생각하지 마. 꼴좋다.

"응, 그래…. 그래!"

활짝 웃으면서 내 팔을 껴안는 코사이지 스미레.

서툴면서도 올곧은 소녀에게 나도 미소로 답했다.

※

"어서 오세요! …어, 어라? 키사라기 군?"

오후 2시. '따끈따끈한 튀김꼬치 가게'에 들어가자, 단련된 아르바이트 스마일로 맞아 준 것은 카네모토 씨. 가게 안의 모습을 보니, 오늘은 가게에 다대한 이익과 아르바이트생에게 다대한 손해를 동시에 주는 덤벙쟁이신이 있지 않은 모양이다.

"어쩐 일이야? 오늘은 근무일이 아늘 텐데."

"그냥 손님으로 왔습니다. 밥 좀 먹으러."

"그렇군! 어라? 혹시 옆에 있는 애는….."

"네. 죠로의 연인입니다."

"오오! 설마 키사라기 군에게 이렇게 예쁜 여친이 있다니! 이거 놀랐어!"

"아니에요! 너는 또 멋대로 무슨 소릴….."

"하하하! 부끄러워할 것 없어! 그렇게 사이좋게 팔짱끼고 있는데 특별한 관계가 아니라는 것도 무리지!"

"큭!"

바로 그렇기 때문에 뭐라고 답할 수가 없다.

조금 앙갚음으로 말해 준 것뿐인데, 코사이지 스미레 녀석, 내가 '팬지'라고 불러 주니까 여기 올 때까지 계속 내 팔에 달라붙어서….

"아직 연인도 아니잖아."

코사이지 스미레에게만 들리는 목소리로 작게 불평했다.

하지만 그 클레임은 마이동풍.

오히려 기분 좋은 눈치로 팔을 껴안는 힘이 세졌다.

"그래. **아직** 연인은 아닐지 몰라. …후훗."

괜한 거나 눈치채고 말이지.

"그럼 두 분 안내하겠습니다! 여유가 있는 시간이니까, 테이블 자리를 써!"

피크 타임이 아닌 덕분에, 나와 코사이지 스미레가 안내받은 곳은 4인용 테이블석.

혹시 피크 타임이었으면 카운터에 나란히 앉게 되었을 테니, 오히려 점심시간보다 늦게 온 것은 운이 좋은 걸지도 모른다.

"내 플랜으로는 죠로와 팔짱을 낀 채로 밥을 먹는 거였는데…."

"그런 플랜은 현실이 안 될 테니까 포기해."

"알았어…. 그럼 죠로와 튀김꼬치를 서로 먹여 주는 러블리~ 아앙 작전으로 변경이야."

"정말로 네 센스는 괴멸적이야! 절대로 안 할 거니까!"

"열심히 생각했는데…."

풀 죽는다고 내가 눈 하나 깜짝할 것 같냐.

설령 연인이라 하더라도 그런 창피한 짓은 못한다고.

"주문은 뭘로 할래?"

"죠로가 추천하는 걸로."

"알았어. 그럼….."

테이블에 물과 수건이 나온 타이밍에 주문을 했다.

주문한 것은 잘나가는 메뉴인 튀김꼬치 모둠과 쑥갓 튀김, 그리고 츠바키 특제 드레싱을 뿌린 '따끈따끈한 샐러드'.

그 외에도 맛있는 사이드 메뉴가 있지만, 너무 많이 주문하면 다 못 먹을 테고.

"음, 어서 오세요, 일까. 죠로, …팬지."

기다린 지 5분. 평소라면 아르바이트에게 맡기겠지만, 이 시간대면 여유가 있는 건지 이 가게의 점장인 츠바키가 샐러드를 들고 나타났다.

"여어, 츠바키."

"안녕. 어어, 당신은 이브 날에 있던….."

"음. 요우키 치하루. 친구들에게는 '츠바키'라고 불리고 있달까. 잘 부탁해."

그러고 보니 코사이지 스미레와 츠바키가 제대로 이야기하는 건 이게 처음인가.

"응, 잘 부탁해. 하지만 죠로에게는 손대지 마."

"후후후. 들은 대로 걱정이 많네."

대체 그런 이야기를 누구에게 들었을까…라는 건 신경 써 봤자 눈치 없는 걸까.

"나는 죠로의 친구. 그 이상도 그 이하도 되지 않으니까."

츠바키는 항상 우리를 조금 떨어진 곳에서 지켜봐 주었다.

그러니까 안심할 수 있지만, 대신 결코 그 일정 이상의 선을 넘지 않는다.

분명 이번에도 그 위치를 바꾸지 않겠지.

"그럼 나는 주방으로 돌아갈까. …아, 모처럼 와 주었으니까 조금 서비스할 테니, 튀김꼬치는 기대해도 된달까."

"정말로? 그거 고마워."

"후후후, 이 정도는 별것도 아니랄까."

찡긋 윙크를 하고 돌아가는 츠바키.

역시 그렇군….

아스나로가 가르쳐 준, 내 편을 들어주는 '든든한 타자'.

그 정체는 츠바키가 아닐까 생각했는데, 지금 분위기를 보아하니 아닌 모양이다…. 아니, 그런 걸 신경 쓸 필요는 없나.

4일 동안 몇 번이나 연락을 해도 받아 주지 않고, 애초에 녀석의 마음은 가짜였다.

그럼 나는 진짜 마음을 받아들여야 한다.

"정말로 니시키즈타에는 멋진 사람이 많이 있네. 설마 같은 학년에 저렇게 착실한 사람이 있다니, 놀랐어."

"츠바키는 대단한 녀석이야. 아마 집안 사정으로 가게를 맡고 있기 때문이기도 하겠지만."

"…죠로가 그렇게 칭찬하면 역시 질투하게 돼."

츠바키에게 질투라….

그러고 보면 녀석도 츠바키에게는 꽤나 대항 의식을 불태운 적이 있었지.

"딱히 그런 게 아니니까 안심해."

"어머? 나를 안심시키려고 하다니 다정하잖아. 아무래도 죠로의 나를 향한 마음은 꽤 크게…."

"나대지 말라고 아까 말했지?"

"그래. 아까도 지금도 부정하지 않네."

"…귀찮아."

하아…. 진짜로 큰일이다….

뭐든지 다 꿰뚫어 보니까 손 쓸 수가 없어.

아무리 부정하더라도 다 부정할 수 없는 마음.

그와 반비례하듯이 줄어드는 다른 마음.

하지만 거기에 공포도 불안도 느끼지 않는다.

눈앞에는 나를 좋아하는 아주 귀여운 여자가 있다.

하나의 인연을 지키기 위해 파괴한 세 개의 인연도 원래대로 돌아가고 있다.

3학기, 졸업을 눈앞에 두고 외로워하는 코스모스가 '가능하면 추억을 만들고 싶다'라고 말하며, 나나 코사이지 스미레… 그리고 도서실 멤버들을 강제로 참여시킨다.

봄 방학에는 놀러 온 라일락과 히마와리, 그리고 코사이지 스미레와 넷이서 논다. 히마와리가 저것도 하고 싶다, 이것도 하고 싶다, 라고 말하고 우리는 거기에 휘둘리겠지.

신학기가 되면 역시 묘한 인연으로 내 왼편에 앉게 된 사잔카와 별것 아니지만 즐거운 학교생활을 보내고, 그걸 안 코사이지 스미레가 질투하여 내게 화풀이를 한다.

내가 코사이지 스미레를 받아들이면 이런 미래가 기다릴까?

아무리 생각해도 내가 그렸던 것 이상으로 최고의 해피 엔딩이잖아.

녀석은 어디에도 없다. 하지만 그거면 된다.

녀석은 나를 거절했다. 아니, 애초에 받아들이지도 않았다.

녀석은 어디까지나 코사이지 스미레가 돌아올 때까지의 대역. 그 역할이 끝났으니까 이 이상 쫓아가도 헛수고다.

이 정도가 끝낼 때다.

내 안에 생겨난 또 하나의 감정을 받아들이고….

"오오! 이거, 이거 키사라기 선배 아닙니까!"

큰일이군. 도무지 받아들이고 싶지 않은 바보가 바보바보한 미소를 띠며 등장했어.

"우훗! 우후후훗! 설마 아르바이트가 아닌 날에도 가게에 오다니, 그렇게 저를 만나고 싶었나요? 우후~~훗! 어쩔 수 없네요!"

나타난 것은 바보의 극에 달한 바보의 구도자, 탄포포＝카마타 키미에.

옷차림은 따끈따끈한 튀김꼬치 가게의 유니폼. 두 손에 음식을 담은 쟁반이 있는 걸 보면, 아마도 임시 아르바이트생으로 접시 닦이 일을 하다가 점심 휴식에라도 들어간 거겠지.

"여어, 탄포포. 너는 오늘도 일이냐."

"네! 크리스마스이브에 토쿠쇼 선배와 놀았더니 생각 외로 돈을 다 써 버려서, 지갑 사정이 위험해졌거든요! 그래서 츠바키 님에게 부탁해서 임시 아르바이트로 일하고 있지요! 우후훗!"

"그런데 왜 내 옆에 앉는데?"

자못 당연하다는 듯이 내 옆에 착석.

정면의 코사이지 스미레의 시선이 날카로워지지만, 본인은 전혀 모르고 있다.

"설거지도 대충 끝나서 점심 휴식을 받기 때문이지요! 배도 고프니까 키사라기 선배가 희망한 탄포포의 식사 타임을 보여 준다는 서비스 타임까지 준비했습니다! 어떤가요? 기쁘지요?"

"아니, 전혀."

애초에 희망한 기억이 전혀 없다.

"우후훗! 키사라기 선배는 여전히 부끄럼도 많다니까요~"

바보의 귀에 경 읽기. 오늘도 완전 바보라서 어떻게 할 수가 없다.

"죠로, 그 애는 누구야?"

타이밍을 잰 건지 다소… 아니, 꽤나 가시 돋친 목소리가 정면에서 날아왔다.

독점욕이 강하다고는 했지만, 설마 이 바보에게까지 통용되다니….

"후배인 탄포포야. 성격은 뭐, 보다시피. 어이, 탄포포… 너도 자기소개를 해."

"냠냠냠! 으음~! 오늘도 츠바키 님의 점심밥은 맛있어… 자기소개? 대체 누구한테… 효왓! 정면에 모르는 사람이 있습니다!"

지금까지 몰랐냐. 정말로 이 바보는 얼마나 바보인 거야….

"안녕하세요! 슈퍼 카리스마 이그젝티브 다이너마이트 하이퍼 엔젤 빅뱅 아이돌인 탄포포입니다! 우훗!"

대단하네. 이름과 동시에 바보라는 점도 밝히는 완벽한 자기소개잖아.

"냠냠냠! 으음~! 맛있습니다! 츠바키 님의 밥은 기가 막힙니다! …그런데 당신은 왜 키사라기 선배와 함께 있나요?"

"죠로와 데이트하고 있으니까 여기에 있어."

음성 다중으로 '멋대로 옆에 앉지 마'라는 말이 들린 것 같다.

"키사라기 선배와 데이트? 키사라기 선배, 어떻게 된 일인가요! 우훗!"

왜인지 옆자리의 바보가 나를 향해 화를 내기 시작했다.

여전히 묘한 행동밖에 안 하는 녀석이다.

"아니, 왜 나한테 화를 내?"

"아니, 이건 바람 아닌가요! 크리스마스이브에 토쿠쇼 선배에게서 키사라기 선배에게 여친이 생겼다고 들었으니까요! 아마도 저는 무리니까 타협한 거겠지만, 그렇다고 해도 여친이 있는데 다른 사람과 데이트하는 건 바람입니다! 우훗!"

여러모로 착각하고 있어서 뭐라고 하기도 귀찮다.

"그 여친이 나야."

"효오? 당신은 무슨 소릴 하는 겁니까?"

코사이지 스미레의 말이 뭔가 이상한지 탄포포가 고개를 갸웃 거렸다.

정말로 이 녀석은 무슨….

"키사라기 선배의 연인은 산쇼쿠인 선배잖아요?"

"…아니! 어, 어이, 탄포포! 너, 지금 뭐라고 했어?"

잠깐만, 나는 분명히 니시키즈타 녀석들에게는 전부 말이 통한 거라고 생각했다.

그러니까 아무도 편을 들어주지 않을 거라고 생각했다. 그런데 탄포포는….

"효왓! 왠지 키사라기 선배가 귀기 어린 표정이 되었습니다! 어어… 키사라기 선배의 연인은 산쇼쿠인 선배라고 말했습니다

만…."

역시 그렇다…. 탄포포는 녀석에게 사정을 듣지 않았군.

이 묘한 사태가 일어나고 처음으로… 정말로 처음으로 녀석의 이름을 들을 수 있었다.

…하지만 그게 어쨌다는 거지?

탄포포가 녀석의 이름을 말했다고 상황이 변하는 건 아니다.

아까 결심했잖아? 이제는 끝낼 때라고. 의미 없는 기대를 할 필요는 없어.

"아냐. 죠로의 연인은 나야."

탄포포의 말을 코사이지 스미레가 부정했다.

그래. 나는 '팬지'의 연인이다….

"우훗~ 그리고 보면… 분명히 당신은 산쇼쿠인 선배와 비슷하네요. 말투도 그렇고, 분위기도 그렇고, 똑같습니다! 그럼 분명 아주 멋진 사람이겠지요! 산쇼쿠인 선배도 아주 멋진 사람이니까요!"

"그렇게 말해 주니 기뻐. 죠로, 귀여운 후배도 있네."

지금까지의 탄포포를 보고 바보라고 인식했기 때문일까, 아니면 탄포포가 활짝 웃으면서 친근감을 보여서일까, 코사이지 스미레의 표정이 누그러졌다.

결국 지금까지와 전혀 다름없다. 그저 코사이지 스미레와 탄포포가 친해질 뿐이다.

"우훗! 그렇죠, 그렇죠! 탄포포는 아주 귀여우니까요! 그런데 당신의 이름은… 아! 혹시!"

그때 탄포포가 뭔가 깨달은 건지, 꽤나 기분 좋게 웃었다.

또 바보 같은 소리를….

"당신의 이름은 코사이지 스미레 아닌가요?"

"……!"

예상 밖의 말에 지금까지 한 번도 보인 적 없는 놀라움을 코사이지 스미레가 보였다.

나도 마찬가지다. 어떻게 탄포포가 코사이지 스미레의 이름을?

"그, 그런데, 어떻게 당신은 내 이름을…."

"우훗! 역시 그렇군요! 실은 중학생 때 산쇼쿠인 선배에게 이야기를 들은 적이 있습니다! '내게 가장 소중한 친구'라고!"

"내, 내 이야기를, 그 애한테서…. 혹시 당신은 그 애와 같은…."

"네! 산쇼쿠인 선배와 같은 중학교였습니다! 아주 잘해 주어서 정말로 신세를 졌습니다!"

"다, 당신이… '조금 얼빠졌지만 항상 솔직하고 귀여운 후배'… 야?"

"아니에요~! 저는 '압도적 천재에 항상 솔직하고 아주아주 프리티~한 후배'니까요! 우후훗!"

"아무래도 틀리지 않은 모양이네."

그래…. 그랬다! 탄포포와 녀석은 같은 중학교 출신이야!

니시키즈타에서 유일하게 녀석의 과거를 아는 녀석이야!

하지만 그럼 왜 녀석은 탄포포에게 사정을 전하지 않았지?

누구보다도 확실하게 입막음을 해야 하는 상대잖아.

바보니까? …아니, 그게 아냐.

"우홋! 당신이 코사이지 스미레입니까! 하지만 아무리 닮았다고 해도 키사라기 선배의 연인이라고 말하면 안 되지요! 키사라기 선배의 연인은 산쇼쿠인 선배니까요!"

"아, 아냐! 그 애는 죠로를 정말로 좋아하는지…."

"당연히 좋아하지요~! 고등학생이 되고 재회한 뒤로 산쇼쿠인 선배는 매일처럼 키사라기 선배 생각만 했으니까요! 이야기할 때는 항상 키사라기 선배 이야기뿐! 그런데 좋아하지 않을 리가 없습니다!"

"그래, 탄포포? 정말로 녀석은…."

"물론이지요~! '죠로의 곁에 있을 수 있는 것만으로도 정말로 행복한 기분이 들어'. 산쇼쿠인 선배에게서 몇 번이나… 아! 이거 비밀로 해 달라고 그랬습니다! 키, 키사라기 선배, 지금 이야기는 잊어 주세요! 우홋~!"

애석하게 잊을 수 있을 것 같지 않군….

그런가…. 녀석은 나를… 그랬나!

"최고의 홈런이잖아…."

"효오? 키사라기 선배, 당신은 갑자기 무슨 소리를….."

"네가 내 편이었다는 건가."

만났다…. 드디어 만났어!

아스나로가 말했던 '든든한 타자'.

그 정체는 니시키즈타 고등학교에서 모두가 바보로 인정하는 야구부의 매니저….

"무슨 당연한 소리를 하는 건가요?"

탄포포＝카마타 키미에.

그리고 탄포포가 내 편이라는 것과 동시에 가능성.

녀석이 유일하게 남긴 또 하나의 길로 이어지는 가능성.

그럼….

"저기, 탄포포. 녀석에게 들은 이야기는 그게 끝이야? 또 뭐 들은 거 없어?"

있을 거야. 탄포포만이 나에게 전할 수 있는 실마리가!

내가 유일하게 녀석에게 도달할 가능성이….

"음? 코사이지 씨와의 이야기 말인가요? 그거라면… 아! 하나 있습니다!"

"저기, 탄포포. 그 이상은….."

코사이지 스미레가 막으려고 했지만, 그런다고 탄포포는 멈추지 않는다.

당연하잖아? 이 녀석은 누구도 컨트롤할 수 없는 기막힌 바보니까.

"고등학생이 되어서 산쇼쿠인 선배와 재회했을 때 들었습니다! '왜 코사이지 씨와 같은 고등학교에 가지 않았습니까? 소중한 친구였잖아요?'라고! 그랬더니 '사정이 있어서 다른 학교에 가게 되었어'라고 산쇼쿠인 선배가 가르쳐 주었습니다! 그리고 코사이지 씨가 다니던 고등학교가….."

떠오른 것은 코사이지 스미레와 재회한 날에 갔던 카페.

그때 처음에는 고등학생이 된 뒤의 이야기를 하던 코사이지 스미레에게 녀석의 이야기를 확인하자, 자기에게 불리할 터인데도 불구하고 자기 고등학교가 아닌 녀석의 이야기로 화제를 바꾸었다.

이유는 간단하다. 코사이지 스미레는….

"토쇼부 고등학교입니다! 우훗!"

자기가 다니는 고등학교를 숨기려 했다.

【나의 대실패】

고등학교 1학년 때의 여름 방학.

나는 조금… 아니, 꽤나 짜증을 내고 있었다.

"와아! 이겼어! 썬이 이겼어, 죠로!"

"응, 그래! 하아~ 다행이다~!"

응원석 앞쪽에서 기쁨을 감추지 못하는 목소리를 내면서 하이 터치를 나누는 키사라기 죠로와 히나타.

오늘은 고교야구 지역 대회 준결승전.

니시키즈타 고등학교는 승리를 거두어 결승전에 진출했다.

이건 나에게 대단히 좋지 못한 전개다.

나는 비올라의 안에 있는 키사라기 아마츠유를 향한 마음을 없애기 위해, 키사라기 아마츠유와 오오가의 인연을 파괴할 기회를 얻기 위해, 내가 혐오하는 본래 모습으로 지역 대회 응원을 왔다.

하지만 계획의 실현은 대단히 힘들어 보였다. 주된 이유는 두 가지.

하나는 함께 왔으면 하는 비올라가 오지 않은 점.

비올라가 눈을 뜨게 하려면 비올라에게 직접 키사라기 아마츠유가 오오가보다도 자기 욕망을 우선하는 모습을 보여 주는 게 가장 빠르다. 하지만 몇 번이나 비올라에게 말을 붙여도 그녀는

'나는 죠로의 곁에 있으면 안 돼'라고 할 뿐, 응원을 오지 않았다.

그러니까 나는 혼자 경기장을 찾아와 혼자 키사라기 아마츠유를 덫에 빠뜨릴 수밖에 없다.

그리고 내 예상이 들어맞는다면 비올라에게 그걸 전한다. 백문이 불여일견이라는 말도 있지만, 나는 '보는' 것이 아니라 '듣는' 수단을 택할 수밖에 없었다.

과연 그걸로 비올라가 눈을 뜰 수 있을지… 별로 자신은 없다.

그래도 희미한 가능성을 믿고 계획을 실행할 때를 기다리는데… 그 기회가 찾아오지 않은 채로 니시키즈타 고등학교는 결승전까지 올라갔다. 이게 두 번째 이유.

솔직히 오오가를 얕보고 있었다.

야구에 대해 전혀 모르기에 잘난 척 설명할 수 있는 것도 아니지만, 내가 사전에 수집한 정보로는 니시키즈타 고등학교의 야구부는 '잘해야 3회전 레벨'이라고 들었다.

하지만 실제 결과는 결승 진출. 이건 매우 안 좋다.

나는 키사라기 아마츠유가 오오가를 위해 행동하려는 순간, 내 본래 모습을 이용해 그 남자를 덫에 빠뜨리려고 했다.

하지만 니시키즈타 고등학교가 이기면, 키사라기 아마츠유는 '썬에게 폐가 되기 싫다'라면서 오오가에게 말도 걸지 않고 만족하며 돌아간다.

1회전에서 니시키즈타 고등학교가 승리를 거두고 키사라기 아마츠유가 그렇게 행동했을 때는 입술을 깨물었다. 저 남자가 얼른 오오가에게 승리를 축하하러 간다면 그걸로 모든 것을 끝낼 수 있었는데….

설마 저런 형태로 내 작전을 저지하려 들다니, 정말로 거슬리는 남자다.

이전보다 더 나는 키사라기 아마츠유에게 강한 혐오감과 증오를 품게 되었다.

아무튼 이대로 가다간 내 계획을 실행할 수 없다.

그러니까 필요한 것은 니시키즈타 고등학교의 패퇴…인데도, 지금까지의 시합에서 오오가는 거의 실점하는 일 없이 착착 승리를 거두었다.

2회전에서 시드로 올라온 강호를 꺾은 뒤로 니시키즈타 고등학교의 평가는 '3회전 레벨'이 아니라 '우승 후보'로까지 꼽히게 되었다.

혹시 이대로 코시엔까지 나가게 된다면 어쩌면 좋지?

일부러 거기까지 찾아가서 키사라기 아마츠유를 덫에 빠뜨릴 찬스를 계속 기다려?

"정말로 귀찮아…."

응원석 뒷자리에서 조용히 주먹을 움켜쥐었다.

아직 포기하면 안 돼. 결승전 상대는 토쇼부 고등학교.

나에게는 여러 의미로 복잡한 상대지만, 그들이라면 니시키즈 타 고등학교에게 이길지도 모른다.

토쇼부 고등학교는 학업만이 아니라 스포츠로도 명문고.

고교야구 쪽으로는 코시엔 단골손님이라는 소리도 듣는다.

또한 올해 토쇼부 고등학교에는 나와 같은 중학교 출신의 토 쿠쇼 키타카제가 있다.

야구 추천으로 토쇼부 고등학교에 입학한, 타고난 강타자.

1학년이면서 에이스로 발탁된 오오가와 마찬가지로 코시엔 단 골손님인 토쇼부 고등학교에서 1학년의 몸으로 4번 타자로 발탁 된 것이 토쿠쇼다.

그러면 오오가에게 이길 가능성이 있다.

"……."

설마 내가 토쿠쇼를 응원하는 날이 올 줄은 몰랐어….

그는 내가 중학교 시절에 엮였던 사람들 중에서 여자에게 전 혀 흥미가 없는(정확하게는 딱 한 명밖에 흥미가 없는) 조금 괴 팍한 남자라서 함께 있는 게 괴롭지 않은 사람이었지만, 그는 내 게 가장 거북한 사람과 친한 관계였다.

그러니까 토쿠쇼와 교류하는 것도 나는 피하고 싶었다.

그런 사람을 지금은 응원하고 있다. …정말로 일이 기묘해졌 다.

"어머?"

문득 스마트폰이 진동하기에 확인했더니,

「오랜만, 스미레코. 저기, 괜찮으면 다음에 만날 수 없을까? 너에게 전하고 싶은 게 있어서.」

그저 우연일까, 아니면 중학교 시절을 떠올렸기 때문일까, 한층 마음이 우울해지는 메시지가 들어왔다.

"……."

나는 그 메시지에 뭐라고 답하는 일 없이 스마트폰을 넣었다.

"고민거리를 늘리지 마…."

정말로 최악의 하루다.

이 이상 여기에 있어도 얻을 수 있는 건 없을 듯하니, 얼른 돌아가자.

"죠로, 저기… 의논하고 싶은 게 있는데 괜찮아?"

"응, 왜 그래?"

응원석 앞쪽에서 한 남학생이 키사라기 아마츠유에게 말을 걸었다.

"여기선 좀 그러니까, 이쪽으로 좀 와 줘!"

"어, 응… 미안, 히마와리. 잠깐만 기다려 줄 수 있을까?"

"알았어! 그럼 난 밖에서 아마오우 크림빵 먹고 있을게!"

키사라기 아마츠유와 남학생의 대화에는 별 흥미 없다.

하지만 왠지 모르게 궁금해져서 나는 키사라기 아마츠유의 뒤를 밟았다.

✳

"실은 나 히마와리에게 고백하려고 해!"

"어! 히, 히마와리한테?"

구장 밖으로 나가서 사람들 눈에 띄지 않는 장소까지 이동했을 때, 남학생은 예상 밖의 말을 키사라기 아마츠유에게 꺼냈다.

키사라기 아마츠유는 학교 안에서 남녀불문하고 인기가 있고, 고민거리를 들어 준다는 사실은 알고 있다.

하지만 설마 히나타에게 고백하고 싶다는 연애 상담이라니.

"저기… 죠로는 히마와리의 소꿉친구잖아? 그러니까 혹시 두 사람이 사귀거나 할 경우에는 안 되겠구나 싶어서…. 그런 쪽으로는 어때?"

"아니, 사귀는 건 아닌데…."

알고 있다. 키사라기 아마츠유는 성욕이 넘쳐흐르기에 한 명으로 좁히지 않고 여러 여학생들에게서 인기를 얻으려 하기 때문이다.

"그래? 그럼 내가 고백해도 되지? 문제없지?"

"……."

키사라기 아마츠유에게 히나타는 중요한 존재다.

귀엽고 성격도 아주 좋다. 더불어서 소꿉친구라는 특별한 관계성도 있다. 그런 소중한 애를 갑자기 나타난 남자에게 빼앗기는 건 참을 수 없는 일이겠지.

대체 키사라기 아마츠유는 뭐라고 대답할까?

"응! 좋아! 힘내 봐!"

놀랐다. 분명히 무슨 수단이든 써서 히나타에 대한 고백을 저지할 줄 알았는데, 키사라기 아마츠유는 남학생을 긍정하는 게 아닌가.

"진짜로? 좋았어! 그럼 난 열심히 해 볼게!"

"하하하. 하지만 결과는 보증하지 않으니까."

"물론이야!"

화목하게 대화하는 키사라기 아마츠유와 남학생.

믿기지 않는다. 혹시 저 남학생과 히나타가 연인이 되면 어쩔 생각이지?

지금까지 자기를 위장해 온 노력이 물거품으로 돌아갈지도 모르는데….

"저기, 그리고 괜찮다면 히마와리를 좀 불러다 주면…."

그 정도는 자기가 해.

결코 키사라기 아마츠유의 편을 들 생각은 없지만, 남학생의 연애에 대한 자세에 짜증이 났다.

"알았어! 그럼 잠깐만 기다려 줘."

"으, 응!"

하지만 키사라기 아마츠유는 싫은 얼굴도 하지 않고 히나타를
부르러 달려갔다.

대체 저 남자는 무슨 생각이지?

히나타라면 틀림없이 고백을 거절하리라는 확신이라도 있나?

"기다렸지! 그래서, 할 말이라는 게 뭐야?"

"아! 저기… 어어…."

5분 뒤, 남학생이 기다리는 장소에 히나타가 나타났다.

키사라기 아마츠유의 모습은… 있었다. 게다가 오오가도 있
다.

평소라면 시합 후에 합류하는 일 없이 돌아가는 키사라기 아
마츠유지만, 예상 밖의 사태가 발생한 결과 시합을 마친 오오가
와 우연히 만난 거겠지.

그리고 히나타와 남학생에게 들키지 않을 거리에서 상황을 엿
보고 있었다.

키사라기 아마츠유와 오오가의 대화가 들릴 거리까지, 그들에
게 들키지 않도록 이동했다.

"시, 실은, 난… 히마와리를 좋아해! 그러니까 괜찮다면 연인
이 되어 줘!"

"어?! 나, 나한테?! 우와! 우와와와!"

남학생의 고백을 전혀 예상하지 않았는지 히나타의 얼굴이 새

빨개졌다.

허둥대며 주위를 확인.

그 반응은 아주 신선해서, 그녀의 순수함이 증명된 것처럼도 보였다.

"안, 될까?"

"……"

히나타는 아무런 말도 하지 않았다. 하지만 그로부터 잠시 뒤…

"저기… 미안해. 난 사귄다는 걸 잘 몰라…. 누굴 좋아하게 되는 것도 잘 모르고, 그러니까… 미안해!!"

깊게 고개를 숙이는 히나타.

그녀는 남녀 구별 없이 모두와 친하게 지낸다.

그러니까 연애와 우정의 경계선이 모호하고, 자신도 잘 모르는 거겠지.

"그래…. 아니, 사과하지 않아도 돼…. 와 줘서 기뻤어. …고마워."

"아니. 나도 마음을 전해 줘서 기뻤어. 그리고, 어어… 아주 기뻤으니까! 그러니까 괜찮아!"

왠지 남학생을 격려하려고 주먹을 쥐어서 보여 주는 히나타.

하지만 이 이상은 상대를 상처 입힐 뿐이라는 걸 알았는지,

"그, 그럼, 난 갈게! 정말로! 정말로, 고마워!"

몇 번이나 고개를 숙인 뒤에 그 자리를 떠났다.

남학생은 그런 히나타의 뒷모습을 향해 손을 흔들다가, 그 모습이 보이지 않게 되자 멍하니 그 자리에 서 있었다.

"안심했어?"

"어?"

일을 끝까지 확인했을 때, 오오가가 키사라기 아마츠유에게 그렇게 물었다.

"히마와리에게 남친이 생기면 소꿉친구로서 복잡하겠거니 싶어서."

"어어, 음⋯. 그렇군⋯. 뭐, 복잡하지만⋯."

이유는 그것만이 아니라고 생각했지만, 오오가와 거의 같은 의견이다.

키사라기 아마츠유에게 히나타는 둘도 없는 존재.

그런 상대를 다른 남자에게 빼앗기지 않은 것은 그에게 기쁜 전개라고⋯.

"안심한 건 아니랄까."

왜? 왜 그런 말을 쉽사리 할 수 있어?

"그래?"

"응. 복잡한 마음은 들지만, 잘되길 바랐어. 히마와리를 정말로 좋아해서 고백한 거니까, 그 마음이 닿기를 바랐어."

"너는 쓸쓸해지잖아?"

"그렇더라도 남의 불행을 바라는 건 좀 아니지 않을까."

내 안에서 뭔가가 꿰뚫렸다.

동시에 내가 얼마나 왜소한 존재인지 자각하게 되었다.

목적을 위해 니시키즈타 고등학교의 패퇴를 바라던 나. 그걸 자각하게 되었으니까….

"그러니까 고백을 도와준 거야?"

"뭐, 그래…. 올곧은 마음에는 올곧게 대해야만 한다고 생각하고… 아니, 너무 잘난 척했나?"

어딘가 겸연쩍은 기색으로 콧등을 벅벅 긁적이는 키사라기 아마츠유.

하지만 그 말에 거짓은 없겠지.

그는 자신의 성격을 위장하고 있지만, 오오가에게는 거짓말을 하지 않으니까.

"…아니, 좋은 거야! 역시나 내 절친이군!"

"우왓!"

어딘가 복잡한 감정을 내비치면서도 키사라기 아마츠유의 어깨를 꽉 끌어안는 오오가.

그의 마음은 아플 정도로 잘 안다. 남의 불행을 바라지 않는다, 자기보다도 타인의 행복을 우선하여 행동한다. 말로는 간단하지만 행동으로 옮기기란 매우 어려운 일이다.

하지만 키사라기 아마츠유는 아주 간단히 그걸 해낸다.

자기는 할 수 없는 일을, 그는 간단히 해낸다.

어쩌면 오오가의 감정을 망가뜨린 진짜 원인은 저것일지도 모른다.

좋아하는 사람에게 사랑받지 못했던 자신, 좋아하는 사람에게 사랑받는 키사라기 아마츠유.

인정하고 싶지 않지만, 인정하게 되는 자신도 있어서… 어째야 좋을지 알 수 없어진다.

지금까지 키사라기 아마츠유는 비올라에게 어울리지 않는 남자라고만 생각했다.

하지만 정말로 그런가?

키사라기 아마츠유는 자기 성격을 위장하여 인기인이 되려는 더러운 남자다.

하지만, 그래도…… 그는 올곧은 남자. 타인의 마음을 존중하는 남자다.

비올라에게 어울리지 않는, 그녀의 곁에 있으면 안 되는 것은…… 나일지도 모른다….

"좋아! 그럼 히마와리랑 합류해서 돌아갈까!"

"아니, 사실은 일이 끝나면 먼저 돌아가 달라고 부탁했어."

"어? 왜?"

"혹시나의 경우, 위로를 해 주고 싶으니까."

그렇게 말하며 키사라기 아마츠유는 멍하니 서 있는 남학생의 곁으로 향했다.

자신의 소중한 소꿉친구가 아니라, 마음이 닿지 않았던 남학생.

그는 그쪽을 우선했다.

"……."

이 이상 여기에 있다가 그들에게 들키면 번거로워진다.

그렇게 생각한 나는 아무 말도 하지 않고 그 자리를 떠났다.

"우우우우우우!! 슬프다아아아아!! 히마와리땅에게 차였다아아아아!! 아야노코지 하야토는 슬프다아아아아!!"

"우왓! 너, 너, 사실은 그런 성격이었어?"

울부짖는 남학생과 허둥대는 키사라기 아마츠유의 목소리를 들으면서.

돌아가는 길, 나는 스마트폰을 꺼냈다.

다시 확인한 것은 시합 후에 들어온 메시지.

「오랜만, 스미레코. 저기, 괜찮으면 다음에 만날 수 없을까? 너에게 전하고 싶은 게 있어서.」

나에게 가장 혐오스러운, 가능하면 만나고 싶지 않은 상대에게서 들어온 메시지다.

분명 그와 만나서 나의 솔직한 마음을 전하더라도, 내 문제는 해결되지 않겠지.

그의 가장 귀찮은 점은 결코 포기하지 않는 선의니까.

내가 취할 수 있는 수단은 도망치는 것뿐. 더 만나고 싶지 않다, 말하고 싶지 않다.

하지만….

"올곧은 마음에는 올곧은 마음으로 대해야 한다…고 했지."

설령 해결할 수 없더라도, 내 나름대로 상대해 보자.

나는 그 메시지에 「알았어」라고 답변을 보냈다.

❄

내가 고대하던 기회는 내가 가장 바라지 않는 타이밍에 찾아왔다.

그로부터 며칠 뒤, 고교야구 지역 대회 결승전, 니시키즈타 고등학교는 토쇼부 고등학교에게 패퇴했다.

코시엔의 꿈을 놓쳐 버린 것이다.

그 결과, 침울해졌을 오오가를 위로하기 위해 키사라기 아마츠유는 혼자 행동을 시작했다.

지금까지의 시합에서는 모두 니시키즈타가 승리했기 때문에, 같이 왔던 히나타나 다른 반 아이들과 함께 기쁨을 나누면서 키사라기 아마츠유는 혼자가 되지 않았다.

하지만 패전일 때는 다르다.

아마도 오오가는 자신이 침울해진 모습을 누구에게도 보이기 싫어하는 사람이겠지.

그걸 이해하기에 키사라기 아마츠유는 혼자서 오오가를 만나러 간다.

키사라기 아마츠유를 덫에 빠뜨리려면 이 기회를 놓칠 수 없다.

하지만….

"분해."

나는 니시키즈타 고등학교가 코시엔에 나가길 바랐다.

그건 거짓 없는 마음.

설령 내 계획을 실행할 수 없어지더라도 그들이 우승하길 바랐다.

내가 고대하던 기회가 찾아왔어도, 그들의 패전을 이용하는 스스로가 잘못을 저지른다고밖에 느껴지지 않았다. 키사라기 아마츠유를 알았으니까.

그는 자기 성격을 위장하고 있지만, 아주 올곧은 남자.

그런 그를 내가 함정에 빠뜨려도 될까? 아니, 애초에… 내 계획은 잘될까?

"해 보지 않으면 몰라…."

내 안에 남은 약간의 증오를 열심히 모아서 나는 행동했다.

키사라기 아마츠유는 비올라에게 상처를 주었다. 비올라를 함부로 여겼다.

그러니까 용서 못한다.

복잡한 감정을 어떻게든 정리해서, 나는 구장 북문을 통해 밖으로 나갔다.

키사라기 아마츠유가 이상하게 서두르는 모습으로 북문을 통해 나가는 것까지는 확인했다.

다만 그 뒤로 그의 모습을 놓친 것이 문제였다.

대체 키사라기 아마츠유는 어디에….

"뜨거어어어어어어어!"

들렸어. 귀에 울리기만 해도 내 안의 두 가지 감정을 일으키는 목소리.

하나는 짜증. 그리고 또 하나는… 스스로도 정체를 알 수 없는 감정.

"아…. 소스 냄새 장난 아니네."

키사라기 아마츠유가 두 손에 가득 든 것은 팩에 담긴 어떤 음식.

아마도 오오가를 격려하기 위해 그가 좋아하는 음식을 대량으로 구입한 거겠지.

정말로 비합리적인 짓을 하는 남자다.

저런 양을 두 사람이 다 먹을 수 있을 리가 없잖아.

게다가 기다리는 장소도 너무하다.

이런 무더위에 햇살을 피할 곳이라곤 전혀 없는 장소에서 계속 기다리고 있잖아.

오오가를 발견하기 쉬운 장소라는 건 알겠지만… 정말로 바보라니까.

"으으…. 썬, 괜찮을까?"

저게 그의 본성이네.

지금까지 학교에서 볼 때는 구역질이 날 정도로 무해한 남자를 가장했지만, 지금은 주위에 니시키즈타 학생이 없는 것도 있어서 본래 성격을 감출 마음이 없는 모양이다.

후훗. 처음으로 진짜 그와 이야기를… 아니잖아. 그럴 마음을 가질 필요는 없어.

"뭐, 이걸 먹으면 조금은 기운이 나겠지. 썬은 튀김꼬치를 좋아하니까."

살짝 심호흡을 하고 가슴 앞에서 주먹을 쥐었다.

내 안에 생겨난 다른 감정을 부숴 버리기 위해.

떠올려. 키사라기 아마츠유만 없었으면 나는 비올라랑 같이 니시키즈타 고등학교를 다녔어.

지금 저기에 서 있는 남자는 그 희망을 소멸시킨 원망스러운 존재야.

"…그것뿐. 그것뿐이야."

스스로에게 그렇게 말했다. 이건 비올라를 위해 필요한 일이다.

저런 남자를 좋아하다니 잘못되었다. 그러니까 도와야만 한다.

그렇게 스스로를 정당화하고 발을 옮겼다.

이건 필요한 일. 그러니까 해내야만 한다.

…비올라를 위해서.

"…저기."

"우옷! 뭐야…… 우오오오옷!"

"두 번이나 놀라다니 재미있는 사람이네."

이상한 고함 소리가 두 번. 전혀 지성이 느껴지지 않는 행동이야.

차라리 원숭이 쪽이 낫지 않을까?

마음속으로 독을 흘렸다.

"어… 어흠! 나, 나한테 무슨 일이야…입니까?"

아무래도 내 진짜 모습이 그의 눈에 좋게 닿은 모양이다.

하아…. 역시 저질이야. 가슴만 보지 말아 줘.

"딱히 무리해서 경어를 쓰지 않아도 돼. 나도 안 쓰잖아?"

"그, 그런…가요?"

"그래. 오히려 경어가 아닌 편이 기뻐."

진짜 당신과 이야기하고 싶으니까.

내 마음에 생겨난, 정체 모를 감정이 그렇게 말했다.

"알았어. 그럼 그렇게 할게."

"당신의 그런 **빠른 대응**…. 대단하네."

가슴에 솟아나는 것은 혐오감이 아니라 환희.

그 감정을 모른 척하기 위해, 등 뒤로 모으고 있던 내 손을 세게 움켜쥐었다.

"그럼 아까도 물었는데, 나한테 무슨 일이야?"

여유 넘치는 태도를 취한다고 하는 거겠지만, 눈에 띄게 목소리가 상기되었다.

아마도 당찮은 것을 기대하며 가슴이 부푼 거겠지.

어쩔 수 없네. 특별히 기대에 응해 줄게.

"당신에게 흥미가 있어서 말을 걸었어. 귀찮아?"

"아, 아니, 선혀 그렇지 않아!"

내 인생 사상, 이렇게까지 흑심 넘치는 미소는 처음이야.

정말로 그로테스크한 미소야…. 하지만 조금은 귀여울지도 몰라.

"저기, 당신도 나한테 흥미 있어?"

"어, 흥미진진."

"그거 기쁜 발언이네."

실수하면 안 돼. 내 계획은 키사라기 아마츠유를 덫에 빠뜨려서 비올라가 눈을 뜨게 하는 것.

그리고 키사라기 아마츠유와 오오가의 인연을 파괴하는 것.

그걸 위해 필요한 감정 이외에는, …보면 안 돼.

"그건 피차 마찬가지지. 나도 아까부터 기쁜 발언뿐이야."

조금만 더, 조금만 더….

그다음에는 키사라기 아마츠유에게 오오가보다 자기 욕망을 우선한 행동을 취하게 하면 된다.

그리고 그 사실을 비올라에게 전하면 된다.

성공하면 비올라의 안에서 키사라기 아마츠유를 향한 마음이 사라지고, 그녀는 새로운 발걸음을 내딛을 수 있을지도 모른다.

지금보다도, 나와 더 사이좋은 친구가 되어 줄지도 모른다.

"그럼 한 가지 제안을 해도 좋을까?"

"음? 그래, 좋아."

"난 이 더위와 햇살 때문에 조금 지쳤어. 그러니까 어디 시원한 장소… 그래, 이를테면 카페 같은 곳에 같이 가서 천천히 이야기하고 싶은데…. 안 될까?"

기대와 흑심이 넘치는, 몸을 앞으로 내민 모습.

이걸로 끝. 키사라기 아마츠유, 당신은….

"아니, 미안. 그건 무리야."

그래…. 당신은 그런 사람이야….

자기 마음보다도 타인을 우선할 수 있는 사람이야….

"왜?"

내 안에 싹튼 감정이 폭주했다.

이 마음을, 예감에서 확신으로 바꾸려는 스스로를 멈출 수 없다.

"난 여기서 사람을…… 기다리고 있어."

"연인이라도 기다려?"

"그 사람이 연인이면 나는 동성애자겠네."

"충격적인 사실이네."

"긍정 안 했거든! 전혀 아니거든!"

"안심했어."

혹시 그렇다면 여러모로 생각을 바꾸어야… 아니잖아.

아직 계획은 실패하지 않았어.

조금이라도 좋아. 조금이라도 키사라기 아마츠유가 오오가를 무시하는 행동을….

"미안해. 내가 기다리는 녀석은 진짜 힘들 때면 아무에게도 말하지 않고 혼자 끌어안거든. 그러니까 내버려 둘 수 없어. 그 녀석이 올 때까지 난 여기서 못 움직여."

나는 대체 누구를 위해 행동하는 걸까?

비올라를 위해서, 비올라의 행복을 생각해서, 키사라기를 함정에 빠뜨리는 거라고 생각하고 있었다.

하지만 정말로 그랬어? …아니다.

나는 나를 위해서, 내 행복을 위해서 키사라기를 함정에 빠뜨리려고 했어.

중학생 때, 깨지려는 내 마음을 구해 준 비올라.

나에게 둘도 없는, 유일하고 소중한 친구.

항상 그녀의 제일가는 존재가 되고 싶다고 생각했다. 하지만 그건 이루어지지 않는다.

처음 만났을 때부터 비올라의 제일가는 존재는 정해져 있었으니까.

그게 분했다. 그게 부러웠다.

그러니까 그 지위를 얻기 위해 나는….

"그래…. 그럼 오늘이 아니면 괜찮은 거네?"

지금의 내가 더없이 우스꽝스럽게 보였다.

지금의 내가 더없이 작게 보였다.

혐오하는 본래 모습을 이용해, 혐오했던 사람들과 같은 행동을 하고…. 지금 눈앞에 있는 이 사람은 자기가 아닌 누군가를 위해서 열심히 행동하는데….

나는 뭘 하는 걸까? 왜 이 사람은 이렇게 멋진 걸까?

"그래. 그야 물론. 그러니까 연락처랑 이름 좀 가르쳐 줄래?"

"가르쳐 줘도 좋긴 한데, 한 가지 조건이 있어."

"조건?"

…안 돼. 안 돼, 이 이상 말하면 안 돼.

필사적으로 호소했지만, 그래도 나는 멈출 수 없었다.

내 안에 처음으로 생겨난 감정을 컨트롤할 수 없었다.

"…그래. 이걸 하나 받아 가도 될까?"

죠로, 당신은 어떻게 할 거야?

그 튀김꼬치는 오오가를 위해 준비한 소중한 것이지?

많이 있다고 해서 나한테….

"당신하고 대화를 나눈 기념이 될 만한 게 필요해. 하나 정도는 괜찮지?"

"아…. 거듭 미안한데 그것도 무리야."

그렇게 손쉽게, 내가 제일 듣고 싶은 말을 하지 말아 줘.

"왜?"

왜 당신은 그렇게 자신을 무시할 수 있어?

왜 당신은 그렇게 손쉽게 자기 바람을 버릴 수 있어?

가르쳐 줘. 그 강함을, 내가 갖지 못했던 그 강함을 손에 넣는 방법을.

향해 줘. 그 강함을, 내게도….

"이건 내 것이 아냐. 기다리는 녀석한테 줄 거지."

"당신 돈으로 당신이 산 거잖아?"

"뭐… 그렇지만…. 아무튼 이건 못 줘."

"이렇게 많은데도?"

"이렇게 많은데도."

"그래, 아쉬워라…."

정말로 진심에서 나온 말을 던졌다.

모두 다 이해하고 말았다. 왜 비올라가 죠로에게 연심을 품었는지를.

우리는 약하다. 누군가를 위해 행동할 수 있을 만큼 강한 인간이 아니다.

그리고 그런 약함을 자각해도 강해지려 하지 않는다.

날 지켜 줬으면 싶다, 날 도와줬으면 싶다. 곁에 있어 주었으면 싶다.

한없이 한심한 나. 그런 나를 억지로라도 받아들이게 한다.

"하지만 기쁘기도 해. 당신에 대해 많이 알 수 있었고."

가슴속에 샘솟는 것은 행복감과 죄악감.

비올라가 택한 남자는, 비올라의 남자를 보는 눈은 틀리지 않았다.

죠로는 아주 멋진 사람. 자기 자신을 위해서가 아니라 누군가를 위해 행동할 수 있는 강한 사람.

하지만, 그렇기에… 내 마음까지 뒤흔든다.

…안 돼, 비올라가 슬퍼해. 비올라가 괴로워하게 돼.

그러니까 말하면 안 돼. 절대로, 이 이상의 말은….

"그러니까 다음에 또 만나서 많이 이야기하자. 난 당신과 이야기하는 걸 기대하고 있을 테니까."

억누를 수 없었다.

내 안에 싹튼 첫 감정에 희롱당한 나는 비올라조차도 잊고, 마음에 따라서 말하고 말았다.

"오, 그럼 연락…."

"그때는 다정하게 대해 줘야 해?"

당신의 그 다정함을 내게도 나눠 줄 거야?

계속 외톨이였던 나를, 무슨 짓을 해도 바람을 이룰 수 없었던 나를 도와줄 거야?

"나도 가능한 범위 안에서 최대한 선처하지."

어중간한 대답. 하지만 그 어중간함이 그의 성실함을 보여 주는 듯해서 점점 내 안의 마음이 커져 갔다.

"약속을 깨면 잔뜩 괴롭힐 테니까."

"깰 리가 없잖아. 나는 하기로 마음먹으면 하는 타입이야."

"안심했어. 그럼 난 갈게."

"어?"

안 돼. 이 이상은 안 돼.

이 이상 죠로와 이야기를 나누면, 나는 나를 억누를 수 없어진다.

정말로 돌이킬 수 없는 짓을 해 버린다.

그러니까 도망쳐야…. 지금 당장이라도 여기를 떠나야….

"어, 어이! 그럼 연락처랑 이름을…."

열이 오르는 얼굴을 죠로에게 보이지 않도록 나는 그에게 등을 돌렸다.

하지만 죠로가 내게 아쉬운 듯이 말을 던졌기에 더욱 열이 올랐다.

그만. 이 이상 나를 기쁘게 하지 마….

"기억해 둬. 난 아주 외로움을 타고, 깜짝 놀랄 만큼 어리광을
부리니까."

가슴속에 샘솟은 바람을 그에게 말했다.

있잖아, 죠로. 나는 뭘 해도 마음대로 되지 않아.

아주 작은 희망도 이뤄진 적이 없어.

하지만 그래도 행복해지고 싶어.

하지만 당신처럼 누군가의 행복을 위해 행동할 수 있을 정도
로 강하지 않아…. 지금도 그렇게 소중히 생각했던 비올라보다
도 내 마음을 우선하고 있어.

그런 나를 도와줘. 일그러진 나를 도와줘.

그렇게 바라는 동시에 생겨나는 괴로움. 지금의 감정을 말로
할 수가 없다.

내가 말로 할 수가 있는 것은 단 하나.

"비올라에게 뭐라고 말하면 좋지…."

나는 결코 좋아해선 안 되는 사람을 좋아하게 되었다.

나는 도움을 청한다

제 5 장

12월 29일.

어젯밤, 녀석에게 전화를 걸었다. 연결되지 않았다.

스마트폰에서 들려오는 것은 여전히 녹음 서비스의 무기질적인 음성뿐.

혹시나 이걸 듣고 내게 전화를 할지도 모른다.

그런 당치 않은 희망을 품고 스마트폰을 한 시간 정도 쳐다보았지만, 내가 스토커 같은 행동을 하고 있음을 느끼고 그만두었다.

말일까지 앞으로 2일.

약속 장소로 가는 도중, 나는 어느 상대에게 전화를 걸었다.

[무슨 일이야, 죠로?]

연결되었다. 평소의 열혈 넘치는 느낌의 목소리가 아니라 냉정한 목소리지만, 전화가 연결되었다는 사실이 나를 안도하게 했다.

"여어, 썬. 지금 시간 좀 있어?"

[괜찮아. 마침 만나기로 한 상대가 안 와서 한가하던 참이니까.]

조금 퉁명스러운 목소리.

아마도 원인은 내가 전화를 건 것이 아니라 기다리는 상대가 오지 않기 때문이겠지.

그 상대가 누군지는 상상이 가지만, …아니, 그런 일도 다 있군.

그 애는 지각 같은 걸 하지 않는 성실한 이미지였는데.

"그럼 들어 줘."

하지만 내가 그걸 신경 쓸 필요는 없다.

내가 해야 할 일은 단 하나. …전하는 것뿐.

썬이 최선을 다해 힌트를 전해 주었듯이, 나도 내가 해야 할 일을 전하자.

"팬지를 팬지가 되게 해 주겠어."

[…그런가.]

어딘가 따뜻한 목소리.

이런 어중간한 말로도 전해지니까 진짜로 절친이라는 건 고마운 존재다.

[알았어! 그럼 그쪽은 죠로에게 맡기지! 부탁한다, 친구!]

"맡겨 줘. …고마워."

[하핫! 신경 쓰지 마! 그럼….]

"응."

이걸로 나와 썬의 통화는 끝.

끊을 때 스마트폰에서 '이치카가 안 오네. 뭐 하는 거지?'라는 혼잣말이 들려왔다. 역시 만나기로 한 상대는 내가 예상한 상대였던 모양이다.

아무 예정이 없었으면 썬을 약속 장소에서 기다리게 하고 내가 보탄을 찾을 수도 있겠지만, 아쉽게도 나는 나대로 예정이 있다.

오늘도….

"여어. …팬지."

"응. 안녕, 죠로."

코사이지 스미레와 만날 약속이 있으니까.

"오늘도 만나 줘서 고마워. 아주 기뻐…."

오후 1시, 역 앞. 말과 일치하지 않는, 우울함을 품은 미소.

그 원인은 어제 '따끈따끈한 튀김꼬치 가게'에 나타난 예상 밖의 개입자 때문이겠지.

코사이지 스미레에게 다행스럽게도 그 뒤에 탄포포는 휴식 시간이 끝난 것도 있어서, 기분 좋게 일하러 돌아갔다.

하지만 그런다고 탄포포가 내게 전한 사실이 사라지는 건 아니다.

코사이지 스미레가 다니는 고등학교는 토쇼부 고등학교.

내가 그걸 아는 것은, 코사이지 스미레로서는 가급적 피하고 싶은 사태였겠지.

'따끈따끈한 튀김꼬치 가게'에서 밥을 다 먹은 뒤, "오늘은 여기까지 할게"라고 힘없이 중얼거리고 어제의 데이트는 끝났다.

돌아오는 길에는 평소처럼 역까지 바래다주었지만, 그동안에 대화는 없음. 그래도 결코 내 손을 놓지 않아서, 무슨 일이 있어도 놓지 않겠다는 강한 의지가 전해져 왔다.

"저, 저기… 죠로. 어제는 갑자기 돌아가서 미안해…."

더듬거리는 사죄. 하지만 결코 내게서 눈을 돌리지 않는다.

아무리 예상 밖의 사태가 일어나더라도, 자신이 할 일은 변하지 않는다.

그걸 행동으로 보이는 듯한 느낌이었다.

"아니, 신경 쓰지 마. …그래서 오늘은 뭘 하고 싶어?"

"'추억 하나에 사정 하나'. 나에게 가장 중요한 사정을 죠로에게 전하고 싶어."

아직 코사이지 스미레에 대해 모르는 점이 많다. 하지만 한 가지 확실한 것이 있다.

그것은 이 녀석이 나를 진심으로 좋아해 준다는 점이다.

"알았어. …어어, 그건 여기서 끝내는 거야?"

"아냐. 당신과 함께 꼭 가고 싶은 장소가 있어."

"꼭 가고 싶은 장소?"

"그래. 내가 죠로와 가고 싶은 장소는…."

대답을 듣기 전부터 나는 코사이지 스미레가 어디에 가고 싶은지 이해할 수 있었다.

그건 나와 '팬지'에게 시작의 장소.

본래라면 코사이지 스미레가 있었을지도 모르는 장소.

"니시키즈타 고등학교의 도서실이야."

※

걸어서 10분. 니시키즈타 고등학교의 교문을 통과하고 사무소에서 간단한 수속을 끝낸 뒤에 우리는 건물 안으로 들어갔다.

"역시 멋진 학교야."

내 팔을 껴안으면서 교내의 모습을 보는 코사이지 스미레.

사흘 전에 왔을 때도 코사이지 스미레는 흥미 깊은 눈치로 학교 안을 둘러보았다.

"딱히 대단할 건 없잖아? 어디에나 있는 흔한 고등학교야."

"죠로가 있는 것만으로도 내게는 특별한 고등학교야."

"…그러십니까."

간단한 잡담을 나누면서 복도를 걸어서 드디어 목적지에 도착.

그 문을 열자…

"여기가 니시키즈타 고등학교의 도서실이네."

거기에는 아무도 없었다.

겨울 방학 첫날. 녀석과 연인으로 딱 하루 보냈던… 나에게 마지막이 될 터였던 도서실. 그때는 입시 준비를 위해 사용하는 3학년도 있었지만, 연말 시즌인 29일에까지 나오는 학생은 아무도 없는 모양이다.

"일단 물어보겠는데, 왜 여기에?"

"제일 중요한 사정을 전할 때에 여기 이상으로 최적인 장소는 없다고 판단했으니까."

코사이지 스미레에게 제일 중요한 사정.

그것이 무엇인지는 모른다. 하지만 어떤 내용이든지 어제까지의 나라면 아무런 의심 없이 전부 받아들였으려나.

눈앞에서 빛나는 해피 엔딩을 향해 나아갔겠지.

"있잖아, 죠로."

"조금만 기다려 보겠어?"

코사이지 스미레의 말을 가로막았다.

내가 지금부터 가는 곳이 해피 엔딩으로 이어지는지는 모른다.

하지만 그런 건 상관없어.

아무리 최악의 결말이더라도, 아무리 바라지 않는 미래더라도.

"그 전에 내가 하고 싶은 말이 있어."

하기로 마음먹었으면 한다. 그게 나의 모토다.

"하고 싶은 말?"

"나와 '팬지'의 이야기를 확실히 전해 두고 싶어."

코사이지 스미레의 사정을 듣고 싶다고 생각하는 나는 분명히 존재한다.

코사이지 스미레를 받아들여야 한다고 생각하는 나는 분명히 존재한다.

하지만 그 전에 확실히 전하는 편이 좋다고 생각했다.

2학년이 된 뒤의 나와 '팬지'의 이야기를.

내가 '팬지'를 어떻게 생각하는지를….

"……."

내 말에 코사이지 스미레는 아무 대답도 하지 않았다.

아주 잠깐, 내 안에 존재하는 또 하나의 감정이 '네 이야기 따윈 아무래도 좋으니까 얼른 코사이지 스미레의 이야기를 들어'라고 말했다.

시끄러워. 너는 닥치고 있어.

"흥미 없어?"

"죠로가 하는 이야기 중에 흥미 없는 게 있을 리 없잖아."

독서 스페이스로 가서 앉자, 코사이지 스미레는 내 오른편에 앉았다.

거기는 '팬지'의 자리.

뭔가 묘한 집착이라도 있는지, '팬지'는 항상 내 오른편에 앉았다.

히이라기가 특기인 낯가림을 발휘하여 '모르는 사람이 많이 있어서 무서워! 죠로의 옆이라면 안심이야~!'라며 아무런 악의도 없이 그 자리를 점거했을 때는 '히이라기, 거기는 내 자리야'라며 어쩐 일로 분노를 드러낸 적도 있었던가.

"들려줘. 죠로와 '팬지'의 이야기를."

달콤하게 속삭이는 말. 그 목소리에는 모든 것을 받아들이는 각오와 어떤 난관이라도 맞서려는 결의가 깃들어 있는 듯했다.

"그래."

일단은 심호흡을 한 번.

지금부터 내가 코사이지 스미레에게 말하는 내용은 솔직히 꽤나 창피한 것이다.

그러니까 말하는 것은 딱 한 번. 그 딱 한 번을 코사이지 스미레에게 전하자.

"나는 처음에는 '팬지'를 아주 싫어했어. 사람이 아주 힘들어할 때 협박처럼 고백을 해 왔거든? 완전히 정신머리 나간 녀석이라고만 생각했어."

처음에 녀석에게 고백을 받았을 때, '나는 너랑 사귈 생각이 없어'라고 말했더니 '나도야'라는 대답이 돌아왔다. 그때는 의미를 알 수 없었지만, 어쩌면 녀석은….

"당연하잖아. '팬지'는 어떤 수단을 사용하든 죠로의 곁에 있고 싶었으니까. 혹시 평범하게 고백을 해 왔다면 과연 당신은 받아들였을까?"

"뭐, 받아들이지 않았겠지."

"그렇지? 그러면 협박하는 수밖에 없잖아."

아주 당연하다는 듯이 정당화하지 말아 줘.

당하는 쪽으로서는 견디기 힘든 일이니까.

"그 뒤로 강제적으로 '팬지'와 지내는 시간이 시작되었는데,

이게 예상 밖으로 즐거웠어. 생산성 없는 말씨름뿐이었지만."

"죠로와 둘이서 이야기할 수 있다면 그걸로 충분히 생산성은 있어. 조금이라도 많은 추억이 필요해. 그걸 위해서는 많이 이야기해야지."

분명 '팬지'도 그렇게 생각했겠지.

그러니까 침묵하는 시간을 거의 만들지 않고, 틈만 있으면 자기에게 유리한 화제를 꺼냈다.

의미 없다고 생각했던 것에는 모두 의미가 있었어….

"그래서 죠로는 '팬지'와 이야기하고 어떻게 생각했어?"

"의외로 나쁜 녀석은 아니구나 싶었어. 짜증날 때도 많이 있지만, 항상 직설적으로 나를 좋아한다고 말해 주는 건, …역시 기쁘구나 싶어서."

"그럼 앞으로도 많이 말해 줄게. …죠로, 좋아해."

"고마워."

좋아해. 심플한 말. 말하려고 하면 얼마든지 할 수 있는 말.

그런데 나는 그 말을 할 수 없었다….

종업식 때 고백했을 때도, 그 뒤에 딱 한 번 만났을 때도, 나는 말할 수 없었다.

나는 '팬지' 때문에 고생했지만, 그와 비슷하게… 아니, 그 이상으로 '팬지'는 이상한 고집을 부리는 나 때문에 고생했겠지.

"'팬지'는 어떤 때라도 내 편이었어. 어떤 때라도 나를 최우선으로 생각하고 행동해 주었어. 그 정도까지 해 주니 '싫다'고는 생각할 수 없어지고, 솔직히 인정하고 싶지 않았지만… '싫다'가 아니게 되었어."

"그건 '좋아한다'는 의미?"

"잘 몰랐어. 그 무렵… 1학기 초에는 가슴을 펴고 그렇게 말할 정도의 마음은 아니었을 거야. 하지만 곁에 있고 싶다고는 생각했어. …뭐, 나는 배배 꼬인 녀석이니까 생각해도 행동으로 옮기진 않았지만."

나는 '팬지'의 곁에 있고 싶었다. 하지만 나는 그걸 전할 용기가 없어서, 혹시 나와 있으면 상처 입는 게 아닐까 쫄아서, 곁에 있지 않기로 했다.

그러니까 1학기 초의 그 사건이 끝난 뒤에도 전말을 선한다는 구실을 만들어서 잘난 듯이 '팬지'를 만나러 갔고… 그걸로 끝낼 생각이었다.

"아마 '팬지'는 거기까지 다 예상했겠지. 그러니까 또 말도 안 되는 짓을 벌였어."

"뭐를?"

"자기 진짜 모습을 내게 보였어."

그때 '팬지'가 자신의 본래 모습을 내게 보인 진짜 이유.

대의명분을 주기 위해서다.

"'팬지'가 예쁘니까, 성격은 안 좋더라도 그 모습을 보기 위해

도서실에 간다.'

지리멸렬하고 말도 안 되는 핑계.

그걸 내게 주기 위해서 그런 짓을 해 주었다.

사실은 정말로 창피했을 텐데….

"죠로가 솔직하지 않은 만큼 애써야만 하니까 당연해."

마치 자기 일처럼 말하는 코사이지 스미레. '내가 거기에 있었으면 똑같은 일을 했다'라는 강한 마음이 전해져 왔다.

"그렇겠지. 대체 왜 나는 이렇게 배배 꼬인 걸까."

"꼬이지 않았으면 죠로가 아니야. …후훗."

코사이지 스미레가 기분 좋게 내 오른쪽 어깨에 자기 머리를 올렸다.

나는 그걸 떨쳐 내려고 하지 않았다.

"있잖아, 죠로. 그래서 당신은 언제 '팬지'를 좋아하게 되었어?"

"자각한 건 싸웠다가 화해했을 때야. 용서를 받았을 때는 아주 기뻤고, 그때 나는 내가 '팬지'를 좋아한다는 걸 깨달았어."

"그럼 바로 연인이 되면 좋았을 텐데 왜 그러지 않았어? 창피해서 솔직해질 수 없었으니까?"

"아니, 그게 아냐."

여기서부터가 나의 아주 귀찮은 부분이다.

분명히 나는 '팬지'를 좋아했다. 하지만….

"그 외에도 좋아하는 애가 있었으니까. 왠지 모르지만, 고2가

된 뒤로 이상하게 인기가 생겼어. 매력적인 여자가 많아서 누굴 좋아하는지 알 수 없어지고…."

"죠로, 그건 반은 사실이고 반은 거짓이지?"

"……."

"당신이 그 밖에도 좋아하는 애가 있었던 건 사실. 하지만 누굴 좋아하는지 모르게 돼서 전할 수 없었다는 건 거짓."

정말로 나에 대해 잘 아는군.

"당신은 모두의 인연을 지키는 것을 우선했지? 혹시 자신이 한 사람과 특별한 관계가 되면 지금까지 엮어 온 인연을 잃어버릴지도 모른다. …그걸 저지하기 위해 자기 욕망보다도 '팬지'의… 아니, 모두의 인연을 지키는 것을 우선했어."

"어땠으려나…. 결과적으로는 무진장 분노를 샀고."

진짜로 그 지역 대회 결승전의 마지막은 최악이었어.

전원과 사귀고 싶다고 말했더니 노도와 같은 기세로 분노를 샀으니까.

뭐, 어떻게 봐도 내가 잘못한 거니까 당연한 결과지만….

"괜찮아. 사실은 기뻤다고 생각하니까. '팬지'가 고등학생이 되어서 하고 싶었던 일은 '죠로의 연인이 되는 것', 그리고 '많은 친구와 함께 지내는 것'이니까."

뒤쪽의 이야기는 처음 들었군…. 하지만 듣고 보니 그랬을지도.

'팬지'는 친구가 생길 때마다 무척 기뻐했다. 평소에는 거의 감정을 내비치지 않는 주제에, 친구와 함께 있을 때는 살짝 웃었고… 예뻤다….

"그러니까 죠로는 1학기가 아니라 2학기에 '딱 한 명, 특별히 좋아하는 여자'와 연인이 된 거네. 문제를 미룰 수 있는 아슬아슬한 때까지 버틴 뒤에, 자기 안의 마음을 확실히 정리한 뒤에…."

"뭐, 그렇게 되나. …나를 위한 것이기도 하지만."

모두와 함께 있을 수 있는, 마음 편한 도서실.

그걸 조금이라도 더 오래 즐길 수 있도록 나는 문제를 나중으로 미뤘다.

하지만 우리가 고등학생인 이상, 언젠가는 '졸업'이라는 이별이 필연적으로 찾아온다.

그 한계가 2학기의 종업식.

그러니까 나는 미뤄 왔던 관계를 확실히 하고, 소중한 인연을 파괴했다.

"2학기가 된 뒤에도 많은 일이 있었어. 묘한 사정으로 가짜 남친 행세를 하게 되고, 체육제 때 스포츠는 무시하고 노점의 매상 대결을 벌이고, 싸운 친구와 화해를 하고, 수학여행에서 첫사랑 여자와 재회하고."

"마지막 것은 흘려들을 수 없는 이야기네…. 자세히 들려줄 수 있어?"

"따, 딱히 대단한 건 아냐! 예전에 좀 트러블이 있어서 그걸 어떻게 했을 뿐이야!"

"죠로가 그렇게 말하면 믿을게."

놀랐다…. 코사이지 스미레 녀석, 갑자기 퉁명스러워지지 말아 줘.

나의 또 한 명의 소꿉친구… 라일락과의 이야기는 이미 다 끝났으니까.

"그렇게 2학기에도 많은 일을… 정말로 많은 일을 경험하고, 종업식에서 나는 '딱 한 명, 특별히 좋아하는 여자'에게 마음을 전해 연인이 되었어."

"그게 '팬지'였네."

"그래. 내가 '딱 한 명, 특별히 좋아하는 여자'는 '팬지'야."

짜증나는 독설, 이상할 정도의 포지티브 싱킹, 어떤 때라도 확실히 마음을 전해 오는 '팬지'. 나는 '팬지'를 특별히 좋아한다.

"…있잖아, 죠로."

약간의 침묵이 있은 뒤에 코사이지 스미레가 내게 물었다.

"나는 앞으로도 당신의 연인으로 곁에 있어도 돼? …아니, 이게 아냐. 나는 '팬지'가 아니라 '코사이지 스미레'로서 당신의 연인으로 있고 싶어."

자기 손을 내 손 위에 올리고 부드럽게 붙잡았다.

'팬지'가 아니라 '코사이지 스미레'로서 내 연인이 된다.

그래. 너는 처음부터 끝까지 그걸 위해서만 행동하고 있어….

"알고 있잖아? 당신의 곁에 있던 그 아이는 가짜. 진짜 자신을 보일 용기가 없어서, 가짜로 행동하는 것으로 자기를 계속 숨겨온 약한 여자. 겁 많고 한심하고 '팬지'가 아니게 되면 아무것도 할 수 없는 아이. …그러니까 도망쳤어."

손을 겹친 다음에 코사이지 스미레는 몸을 내게 붙였다.

기분 탓일지도 모르지만, 그 목소리에는 어딘가 본심이 아닌 마음이 섞여 있는 듯했다.

"하지만 나는 달라. 어떤 문제와도 맞서겠어. …당연하잖아? 나는 진짜 '팬지'니까."

이것이 '오늘의 사정'이겠지.

'팬지'는 거짓말을 하지 않는다. 그러니까 코사이지 스미레의 이 말은 아마도 진실이겠지.

몸을 붙이고 머리만 움직여서 똑바로 나를 바라보았다.

내가 조금만 고개를 앞으로 내밀면 입술이 닿을 듯한 거리다.

서서히 다가오는 코사이지 스미레의 예쁜 얼굴. 그 아름다움에 빨려들 것만 같지만,

"설령 그렇다고 해도 나는 확인할 거야."

나는 아직 거기에 갈 생각이 없다.

"뭐를?"

크리스마스이브부터 지금까지, 나는 한 번도 녀석의 이름을 말하지 않았다.

분명 알 수 없어졌기 때문이다.

나를 좋아하게 된 게 녀석인가, 녀석이 연기한 '코사이지 스미레'인가.

하지만 안 것도 있다.

녀석은 이제 '팬지'가 아니게 되었다.

진짜 자신이 되었다.

그러니까 나는 이제 녀석을 '팬지'라고 부르지 않는다.

내가 확인해야 할 것은….

"산쇼쿠인 스미레코의 진짜 마음을."

탄포포는 말했다. 산쇼쿠인 스미레코는 나를 좋아했다고.

그렇다면 지금 상황은 분명히 이상하다.

1학기, 그리고 2학기에 산쇼쿠인 스미레코는 다른 라이벌에게 지지 않으려고 분투했다.

하지만 그걸 코사이지 스미레에게만큼은 하지 않았다. 거기에는 분명히 다른 이유가 있다.

아직 뭔가가 있다….

산쇼쿠인 스미레코와 코사이지 스미레에게는 소중한 친구 이상의 뭔가 다른 인연이 존재한다.

"어떻게? 당신은 그 아이와 만날 수 없어. 전화는 받지 않고, 편을 들어주는 사람은 아무도 없어. 탄포포는 협력해 줄지 모르지만, 그 애는 아마 그 이상 아무것도 몰라. 그런 상태로…."

"아니. 그건 틀린 생각이야, 팬지."

"틀리다고?"

탄포포는 충분하고 남을 만큼 나를 도와주었다.

특대 홈런을 쳐 주었다.

탄포포 덕분에 나는 도달했으니까.

내 주위의 녀석이 모두 적이 되었을 때, 내가 고독해졌을 때, 내가 잘못된 행동을 하더라도 반드시 내게 협력하겠노라고 말해주었던….

"내 편은 한 명 있어."

그 존재를 내게 떠올리게 해 주었다.

"……."

"코사이지 스미레. 네가 다니는 학교를 내게 숨긴 이유는 크리스마스이브가 원인이지? 내가 서둘러 달려갔던 '따끈따끈한 튀김꼬치 가게'에는 네게 예상 밖의 인물이 두 명 있었으니까."

평소 거의 자기 목소리로 말하지 않고 스마트폰으로 대화하는 소녀.

항상 웃으며 밝게 모두를 이끌어 가지만, 기상천외한 실수를 빈번하게 일으키는 소녀.

니시키즈타 고등학교가 아니라 토쇼부 고등학교에 다니는 두 소녀.

그 두 사람이 있었으니까 코사이지 스미레는 자기가 다니는 학교를 말하지 않았다.

"녀석들과 내가 구면이라면 필연적으로 보이는 관계가 있어. 네게는 최고로 귀찮은 상대가 보이지. **그 녀석**은 지금 상황을 알면 틀림없이 개입해. 그걸 피하고 싶어서 너는 네가 다니는 학교를 숨겼지?"

"말하기 싫으니까 말 안 할래."

솔직히 말해서 그 남자에게 부탁하는 건 가급적 피하고 싶었다.

하지만 달리 뾰족한 수가 없잖아. 아쉽게도 나는 무력한 배경 캐릭터다.

그러니까 나로서는 어떻게 할 수 없는 문제와 부딪치면 부탁할 수밖에 없지.

"오랜만이야. …코사이지."

징글징글한 주인공님에게 말이야.

도서실 문이 열리고 나타난 것은 한 남자.

그 남자의 모습을 확인하자, 코사이지 스미레는 노골적으로 적의를 드러내는 시선을 던졌다.

"하아… 역시나 당신과 죠로는 아는 사이였어…. 그 저속한 시선을 내게 향하지 말아 주겠어? 구역질이 나니까."

사정없는 독설. 나 이외의 상대에게 코사이지 스미레가 독설을 날리는 건 이게 처음이다.

뭐, 코사이지 스미레의 성격상 이 녀석을 싫어하겠지….

항상 여자에게 인기가 많았으니까, 솔직히 좀 꼴좋다 싶긴 하다.

"말이 너무 심하잖아. 이래 보여도 제법 성장했는데?"

"그 성장은 과연 내게 좋은 성장일까?"

"글쎄? 딱히 나는 너를 위해 여기에 온 게 아니니까. …그보다 죠로. 나는 '곤란할 때는 나한테 와'라고 말했는데? 왜 나를 불러낸 거야?"

코사이지 스미레에게 욕을 들은 불만까지 포함된 시선을 내게 던졌다.

내가 불러냈기에 일부러 니시키즈타 고등학교 도서실까지 온 남자.

그건…

"모처럼이니까 '팬지'랑도 좀 만나 줬으면 해서… 호스."

하즈키 야스오. 토쇼부 고등학교의 도서위원으로, 내 상위 호

환인 남자다.

"딱히 내가 하즈키랑 만날 이유는….."

"뭐, **같은 학교의 도서위원**이니까."

"……!! 정말로 당신은 나한테도 그 애한테도 귀찮은 사람이
야….."

2학기가 끝날 무렵, 내가 토쇼부의 도서실을 거들러 갔을 때
이야기로만 들었고 만날 수 없었던 '첫 번째 도서위원'.

그 정체는 코사이지 스미레였다.

그렇기에 산쇼쿠인 스미레코는 리리스나 토쇼부의 학생들에
게 '첫 번째 도서위원'의 이야기를 물었다.

자신의 소중한 친구가 대체 어떤 고교생활을 보내는지 알고
싶어서.

"아, 선 채로 말하기도 그러니까, 앉아도 될까?"

"나로서는 지금 당장이라도 여기서 나가 줬으면 하는데, 그 바
람을 들어주지 않겠어?"

"아쉽지만 무리라고 생각해. 지금부터 나는 죠로에게 전부 전
할 생각이니까."

담백한 표정인 채로 나와 코사이지 스미레의 정면에 앉는 호
스.

좋았어! 역시나 주인공!

나로서는 어떻게 상대할 수 없었던 코사이지 스미레와 꽤 좋

은 승부를 벌이고 있잖아!

"일단은 코사이지. 너와 이렇게 이야기할 수 있어서 정말로 기뻐. 말해 두는데, 걱정 많이 했거든?"

"걱정해 달라고 부탁한 적 없어."

"하핫. 그럴지도. 그럼 슬슬 본론으로 들어갈까. …괜찮겠지?"

"안 된다고 해도 말할 거잖아? 멋대로 해. …설령 무슨 말을 해도 나는 포기하지 않아. 죠로의 연인이 되는 건 나야."

강한 결의가 담긴 코사이지 스미레의 말.

"…알았어. 아, 죠로도 각오를 해 둬. 내가 지금부터 네게 하는 이야기로 그녀가 어떻게 '팬지'가 되었는가, 왜 이런 상황이 되었는가의 이유는 보일 거야. 하지만 그건 해결이 아냐. 이 이야기의 결말을 정하는 건 네 역할이야."

"배경 캐릭터에게는 짐이 무거운데."

"그럼 주인공이 되면 되잖아."

"책임이 막중하군."

잘도 사람을 띄우는 녀석이다. 그런 말까지 들으면 무리라고 할 수 없지.

분명 지금부터 호스가 말하는 내용이야말로 모든 이야기의 시작.

산쇼쿠인 스미레코와 코사이지 스미레.

이 두 사람이 사실은 어떤 관계이며, 왜 이런 상황이 되었는지

는 대단히 궁금하고, 듣고 싶은 마음이 태산 같지만,

"미안, 호스. 이야기를 듣기 전에 볼일을 좀 끝마쳐도 될까?"

"볼일? 뭐, 상관없지만…."

"죠로, 당신은 대체 뭘 하려는 거야?"

"이걸 좀 쓸 뿐이야."

일단 일어서서 주머니에서 스마트폰을 꺼냈다.

그것만으로도 코사이지 스미레는 내가 뭘 하려는지 알았는지, 기막히다는 시선을 보냈다.

"헛수고로 끝날 거라 생각하는데?"

"그렇지 않아."

스마트폰을 조작해서 한 소녀의 이름을 탭했다.

표시된 화면에서 녹색의 수화기 버튼을 또 탭.

이걸로 몇 번째일지 모르는 전화. 아마도 안 받겠지.

하지만 그래도 된다. 깨달았으니까, 나의 커다란 착각을.

계속 연결되지 않는다고 생각했다. 멋대로 그렇게 생각하고 아무것도 하지 않았다.

하지만 그게 아냐. 그게 아니었어….

"……."

스마트폰에서는 여전히 무기질적인 음성이 들려왔다.

익숙한 그 목소리를 들으면서 나는 기다렸다.

다시 무기질적인 발신음. …좋아, 이걸로 내 일은 끝났다.

"기다리게 했군. 그럼 얼른 시작해 주겠어?"

"물론. …아, 그렇지. 일단 오해가 없도록 말해 두는데, 나는 사정을 알 뿐이지, 그 애가 어디에 있는지는 모르니까."

"뭐어어?! 나는 너한테서 산쇼쿠인 스미레코가 있는 곳을…."

"기대가 너무 큰 거야. 그 애가 제일 경계했던 건 나라고? 그런 나한테 자기가 어디 있는지 가르쳐 줄 리가 없잖아."

제길! 역시나 그렇게까지 술술 풀릴 리는 없나!

…하지만 사정을 알고 있고, 그걸 내게 말해 준다면 불평은 할 수 없지….

"후훗. 즉 이 상황은 내게 유리하게도 굴러갈 수 있겠네."

호스가 산쇼쿠인 스미레코의 위치를 모른다는 사실이 코사이지 스미레에게는 기쁜 거겠지. 방금 전과 비교해서 꽤나 여유를 되찾은 것으로 보인다.

아니, 코사이지 스미레에게 유리하다는 건 무슨 의미지?

"뭐, 그래. 솔직히 말해서 나는 이 이야기가 죠로에게 유리한 이야기인지, 코사이지에게 유리한 이야기인지 판별할 수 없고."

"정하는 건 죠로야. 나는 반드시 당신의 사랑을 얻어 내겠어."

강한 결의가 담긴 말과 함께 내 손 위에 자기 손을 올리는 코사이지 스미레.

그 손을 뿌리치지는 않는다.

지금의 나는 '팬지의 연인'이니까.

"그럼 시작할까."

그런 우리를 보면서 호스가 몸을 조금 앞으로 내밀었다.

"최후의 이야기를 시작하기 전의, 최초의 이야기를."

나는 '팬지'

제 6 장

매주 일요일은 나에게 제일 기대되는 날.

1주일에 한 번씩 있는, 소중한 친구인 코사이지 스미레와 함께 보내는 날이니까.

오늘 약속 장소는 그녀와 처음 만났던 구립 도서관.

아무도 내 편이 없다고 생각했던, 나로서는 어떻게 할 수 없다고 생각했던, 모든 것을 포기하고 그저 조용히 보내고 싶다고 바라며 도달한 장소에서 나는 코사이지 스미레와 만났다.

스스로를 '비올라'라고 말하는 소녀.

중학교 1학년 여름에 비올라와 만나고, 그녀에게서 '팬지'라는 이름을 빌렸다.

'팬지'. 땋은 머리에 안경을 낀 또 하나의 나.

팬지가 된 이후로 내 세계는 크게 변했다.

혐오하던 많은 이들의 시선은 사라지고, 도서관 이외에서도 조용히 보낼 수 있게 되었다.

…아니, 그건 착각이야.

팬지가 되었을 때는 비올라와 함께 보낼 수 있으니까.

비올라는 말이 많은 아이. 둘이서 보내는 시간은 결코 조용하다고 할 수 없다.

하지만 나는 그 시간을 좋아했다. 내가 원하던 것은 '혼자만의 조용한 시간'이 아니라, '시끌시끌한 누군가와 보내는 시간'이었다는 것을 깨달았다.

나에게 비올라는 친구이자 구세주.

아무리 감사해도 부족하다. 갚으려고 해도 다 갚을 수 없는 은혜가 그녀에게는 있다.

비올라를 위해서라면 어떤 일이든 힘이 되어 주자.

비올라에게 무슨 문제가 생겼을 때는 내가 반드시 지켜 주자.

그렇게 생각했을 텐데….

고등학교 1학년이 되고 몇 번째인지 모를 일요일.

나는 전철 좌석에 앉아 책을 읽고 있었다.

"저기, 저 사람…."

마침 정면에 앉아 있는… 아마도 고등학생인 듯한 2인조 남성의 목소리가 들려왔다.

하지만 그 말에 내가 반응하는 일은 없다.

"정면에 앉은 애, 엄청 예쁘지 않아?"

"우와! 진짜다! 몸매도 엄청 좋고, …대단하네."

"어쩔래? 말 걸어 볼까?"

"으음, 그만두자. 전철 안에서 헌팅이라니, 실패하면 창피하잖아. 그보다 저런 미인은 분명히 남자가 있어."

2인조 남성은 대화가 끝난 뒤에도 계속 나를 쳐다보았다.

전철 안에서 남을 계속 쳐다보면서 창피하지도 않은 모양이다.

이왕이면 말을 걸어주면 좋을 텐데…. 나는 그렇게 생각했다.

길가나 전철 안에서 모르는 남자가 말을 걸어온다.

처음 경험했을 때에는 정말로 무서웠다.

대체 나한테 무슨 짓을 하려는 건가 싶어서, 대답도 않고 도망쳤다.

하지만 횟수가 거듭되면서 마음에 느껴지는 바가 전혀 없어지고, 자연스럽게 거절하는 기술도 익혔다.

평소라면 말을 걸어와도 결코 따라가지 않는다. 하지만 오늘만큼은 다르다.

혹시 누가 말을 걸어온다면 나는 따라갔을지도 모른다.

아니, 오히려 누가 말을 걸어오기를 바랐던 걸지도 몰라.

하지만 내 소원은 이뤄지지 않는다.

오늘만큼은 누가 말을 걸어오는 일도 없이, 전철은 목적하던 역에 도착했다.

"…가야지."

공기가 갑자기 빠져나가는 듯한, 전철 문이 열리는 소리. 두 다리에 철구가 묶인 듯한 착각을 느끼면서, 무거운 발걸음을 질질 끌듯이 나는 플랫폼으로 나갔다.

시간은 12시 30분. 여기서 도서관까지는 걸어서 10분 정도니까, 약속 시간인 1시까지 여유롭게 도착할 수 있다.

문득 고개를 돌려서 차내를 확인하자, 아까 나를 쳐다보던 2

인조 남학생과 눈이 마주쳤다. 그때 그들은 뭔가 느꼈는지 어정쩡하게 일어서서 이쪽으로 향했다.

하지만 타임 오버. 한 걸음만 더 오면 될까 싶은 타이밍에 전철 문이 닫히고, 남학생들은 문에 격돌하여 꽤나 창피한 꼴을 보였다.

"미안해…."

역에서 떠나가는 전철을 향해 깊이 고개를 숙였다.

그럴 생각은 없었지만, 그들이 그런 일을 겪게 된 원인은 나다.

그러니까 사죄한다.

5초 뒤, 고개를 숙였던 나는 천천히 목적지를 향해 발을 옮겼다.

�֎

"팬지, 어떻게 된 거야?"

1시 15분. 평소라면 내가 약속 시간에 늦었을 때는 반드시 뭔가 분노의 말을 하던 비올라가 내게 보인 감정은 걱정.

왜 그녀가 그런 감정을 내게 보였는가 하는 이유는 안다.

오늘의 나는,

"그쪽 모습으로 오다니…."

땋은 머리에 안경인 '팬지'가 아니라, 본래 모습으로 비올라와 만났으니까.

"오늘은 이쪽이고 싶은 기분이었어."

"……."

내 대답에 비올라는 아무 말도 하지 않았다. 그저 조용히 나를 바라볼 뿐이다.

그리고 나도 그 이상 아무 말도 하지 않았다. …아니, 아무 말도 할 수 없었다.

'팬지'가 아니게 된 산쇼쿠인 스미레코는 약하다.

자기 의사를 말하지 않고 주위에 휩쓸리고, 조금이라도 덜 다치도록 계속 무저항이다.

그게 산쇼쿠인 스미레코의 처세술. 한심하고 약하고, 내가 가장 혐오하는 인간이다.

"알았어. 그럼 가자."

"…응."

멍하니 서 있는 내 손을 다정하게 붙잡고 비올라는 걸어갔다.

지금까지 나를 인도해 준 그녀에게 지금도 이끌려 가는 스스로가 한심해서 눈물이 나올 것만 같았다.

그래도 비올라와의 인연을 잃는 것을 두려워하는 나는 그녀에게 이끌릴 뿐.

아무것도 못하고 그녀와 함께 도서관 안에 들어갔다.

"꽤 재미있었어, 팬지. 그쪽은 다 읽었어?"

"응…. 아주 재미있었어, …비올라."

책을 덮고 주위에게 폐가 되지 않을 정도의 작은 목소리로 대화한다.

비올라와 도서관에 올 때는 서로 추천하는 책을 소개하고, 처음에 그걸 읽는다.

그리고 다 읽은 뒤에는 감상을 주고받는다.

지금까지 내가 비올라에게 소개받은 책 중 제일 재미있었던 것은 『두 꽃의 사랑 이야기』라는 책.

쌍둥이 자매와 한 남자의 연애를 그려 낸 이야기였다.

정말로 재미있어서, 다 읽었는데도 도서관에서 또 빌려서 몇 번이고 거듭해서 읽었다.

그런 나를 보고 비올라는 어딘가 의기양양한 표정을 했기에, 나는 겸연쩍은 미소를 그녀에게 보냈다.

하지만 혹시 지금 『두 꽃의 사랑 이야기』를 읽으면 같은 감상을 품을 수 있을까?

그 이야기는….

"팬지. 오늘 당신 집에 가도 돼?"

"왜?"

갑작스러운 비올라의 말에 나는 고개를 갸웃거렸다.

지금까지도 비올라가 우리 집에 놀러 온 적은 있다.

하지만 그럴 때는 반드시 처음부터 우리 집이 집합 장소. 이렇게 밖에서 만났을 때는 그대로 도서관에서 다른 책을 읽든가, 어디 다른 장소로 이동해서 둘이서 이야기를 했다.

"밖이면 조용히 이야기할 수 없을 것 같아서."

이런…. 그 말을 들을 때까지는 몰랐지만, 주위를 잘 확인하니 도서관에 있는 사람들의 주목을 모았다.

조금만 생각하면 예상할 수 있었을 텐데, …정말로 나는 한심하다.

하지만 제일 한심한 것은 이 상황을 예상하지 못했던 내가 아니다.

본래 비올라에게 말해야만 하는 것을, 그녀의 모습을 보자마자 말할 수 없어진 겁쟁이인 내가 무엇보다도 한심해….

대체 나는 뭘 위해 이 모습으로 비올라를 만난 거지?

"당신 집에 가고 싶은데 안 될까?"

"안… 되는 건 아냐."

평소라면 또렷하게 대답할 수 있는 비올라의 질문에 주저하며 대답했다.

중학교 때로 돌아갔다. 하고 싶은 말을 제대로 못하고, 그저 무저항인 것으로 스스로를 지키는 한심한 산쇼쿠인 스미레코. 결국 나는 하나도 변하지 않았다는 걸 깨닫게 된다.

"다행이야. 그럼, …아, 잠깐만."

"뭐, 하는, 거야?"

갑자기 비올라가 쓰고 있던 안경을 벗고 머리를 풀었다.

도서관 안에 작은 환성이 일었다. 아주 예쁜 그녀의 본래 모습이 드러났기 때문이다.

"서로 똑같은 모습. 당신 혼자면 힘들잖아? 그러니까 어울려줄게."

"…미안해."

이 사죄는 대체 뭘 위한 사죄일까?

비올라에게까지 필요 없는 시선이 모이게 만든 것? 아니면….

"어서 가자, 팬지. 괜찮아, 내가 같이 있어."

대답이 나오지 않는 의문을 계속 생각할 수밖에 없는, 비올라의 지시에 계속 따르는 산쇼쿠인 스미레코.

나는 대체 어쩌고 싶은 걸까?

❋

구립 도서관을 출발해 전철을 타고 있는 동안, 우리는 불필요하게 시선을 모았다.

그 시선에 겁먹는 나와 의연한 태도를 지키는 비올라.

비슷하기에 깨닫게 된다. 그녀와 나의 커다란 차이를.

4시. 비올라와 함께 나는 집에 돌아왔다.

그녀를 내 방에 보내고서, 최소한의 속죄로 과자와 홍차를 준비했다.

"후우…. 역시 홍차는 팬지가 우린 게 최고야."

"고마워…."

내 방일 텐데도 마치 다른 공간인 듯한 착각에 사로잡히면서, 나는 비올라의 말을 계속 기다렸다. 내가 먼저 꺼내야만 하는 말일 텐데….

"하아…. 정말로 당신은 한심한 애네."

"어?"

한숨과 함께 비올라가 꺼낸 말에 내 사고는 정지했다.

"좋아하게 된 거지?"

"……!"

지적당했다.

내가 전해야만 하는데, 비올라에게 미움받는 게 무서워서, 비올라를 잃는 게 무서워서 전하지 못했던 내 마음.

"만나고 바로 알았어. 그러니까 오늘은 그쪽 모습으로 온 거지?"

"…미, 미안, 해…."

전부 읽혀서 그저 스스로가 한심하게 느껴졌다.

분명 비올라가 내 방에서 말하자고 한 것은 나를 위해서다.

무슨 일이 일어났을 때, 바로 내게 가장 안전한 장소에 있을 수 있도록 이 장소를 택한 것이다.

"안 된다고 생각했는데, 마음을 억누를 수 없었어. 나는 죠…키사라기를 좋아해."

"……."

비올라는 아무런 대답도 하지 않았다. 그저 조용히 내 이야기를 들을 뿐이다.

"올해 지역 대회 결승전에서 키사라기를 덫에 빠뜨리려고 했어. 그 사람 때문에 나는 비올라와 같은 고등학교에 다닐 수 없어졌어. 그게 분해서, 괜한 원한이라는 걸 알면서도 막을 수 없어서, 그의 소중한 인연을 파괴하고 비올라의 눈을 뜨게 해 주려고 했어."

"그럼 그쪽 모습으로 죠로를 만나러 간 거야?"

나는 끄덕였다.

"그는 기뻐했겠네?"

조금 침묵하다가 나는 끄덕였다.

"그래. 죠로는 귀여운 여자라면 넋이 나가니까. 당신이 그 모습으로 만나러 갔다면 당연히 좋아했겠지. …하지만 그 정도로 그의 마음은 변하지 않았지?"

"그랬, 어…."

나는 죠로를 얕보고 있었다.

자기 욕망에 충실한, 더없이 한심한 남자라고만 생각했다.

하지만 실제로는 다르다. 아주 강하고, 아주 다정하고, 아주 멋진 남자였다.

"역시 당신이 제일가는 적이었어."

"……! 아, 아냐!"

곧바로 나는 비올라의 말을 부정했다.

싫다. 비올라와의 인연을 잃는 건 절대로 싫다.

나를 도와준 비올라. 나의 소중한 친구인 비올라. 비올라를 잃는 것은….

"아냐! 나는, 그럴 생각이…."

"팬지, 우리 사이에 거짓이 있으면 안 돼. 거짓말을 하면 친구 그만둘 거야."

"……! 미, 미안해…."

역시 나보다도 비올라 쪽이 몇 수나 위다.

완벽하게 도주로를 차단하고 나를 몰아붙였다.

"되고 싶어. 죠로와 연인이 되고 싶어. 하지만 비올라와도 친구로 있고 싶어. 아니, 비올라와 친구로 있을 수 없다면, 죠로와 연인이 되지 못해도 돼."

거짓이 아니다. 나는 죠로에게 품어선 안 되는 마음을 품어 버렸다.

하지만 제일 소중한 것은 비올라. 거기에는 한 점의 흔들림도 없다.

"그래. 잘 말했어요."

비올라가 부드럽게 내 몸을 안아 주었다.

그게 무엇보다도 기뻐서, 어느 틈에 내 두 눈에서는 눈물이 넘쳐나고 있었다.

"미안해, 팬지. 당신을 몰아붙이기 위해 심한 말을 했어."

비올라의 품속에서 나는 고개를 내저었다.

잘못한 건 나다. 내가 비올라를 괴롭혔다.

그만큼 '좋아하게 되지 않아'라고 말했는데, 간단히 그 결의를 깨뜨리는 나.

나에게 좋은 미래만 꿈꾸는 나.

정말로 한심하다.

"미안해, 미안해… 비올라."

지금도 비올라의 몸을 붙잡고 사과하는 것밖에 할 수 없다.

어째서 나는 이렇게 약한 걸까?

"안심해. 나한테도 당신은 아주 소중한 친구니까…. 당신이 있어 준 덕분에 정말로 큰 힘이 되었으니까…."

이 말이 나를 얼마나 구해 주었을까. 역시 비올라는 나의 구세주다.

"고, 고마워…."

"그러니까 들려줄 수 있을까? 어째서 당신이 죠로를 좋아하게 되었는지."

비올라의 말에 따라 나는 지역 대회에서 무슨 일이 일어났는지를 전했다.

쵸로의 진짜 모습을 알고 그에게 연심을 품은 것. 하즈키와 다시 만나서 그의 고백을 거절한 것. 들뜬 마음과 가라앉은 마음이 동거해서, 갑자기 이야기를 걸어온 오오가에게 내 이름을 말해 버린 것. 그 모든 것을.

"그렇구나. 후후… 여전히 쵸로는 멋진 사람이네. 변하지 않아서 크게 안심했어."

비올라는 내 이야기를 들은 뒤에 온화한 미소를 띠었다.

그 표정에 나는 한 가지 의문을 품었다.

어째서 그녀는 이렇게 남의 일 같은 태도인 걸까?

"미안해, 비올라. 하, 하지만, 안심해. 나는 쵸로에게 아무 짓도…."

"그럼 안 돼, 팬지."

"…응?"

"모처럼 좋아하는 사람이 생겼는데 아무것도 안 한다니, 절대로 안 돼. 그게 얼마나 큰 후회를 낳는지는 내가 잘 알아. 그러니까 포기하지 마…."

"하지만 그러면 비올라가…."

"나는 이미 포기한 인간이니까."

그때 의문이 한 가지 풀렸다.

어째서 비올라가 아까부터 죠로 이야기를 남의 일처럼 듣고 있었는지.

비올라는 자기가 죠로에게 정말 소중한 인연을 망가뜨렸다는 죄악감에, 그 마음을 굳게 가둔 것이다. 그렇기에 내 이야기를 간단히 받아들인다.

…안 돼. …안 돼. 그런 건 절대로 안 돼.

나는 한차례, 사실은 나를 위한 일이면서 '비올라를 돕기 위해'라는 가짜 대의명분을 내세우고 잘못된 행동을 취했다. 그러니까 더 이상 잘못하지 않겠다.

이번에야말로 비올라를 돕지 않으면!

"안 돼, 비올라!"

"…응?"

"당신은 아직 죠로를 좋아하잖아? 그럼 포기했다고 하지 마!"

"하지만 나 때문에 죠로는…."

이렇게 감정을 폭발시키는 것은 비올라가 니시키즈타 고등학교에 가지 않는다고 말했던 때 이후로… 아니, 그때 이상의 감정의 폭발이 내 안에서 일어나는 것을 느꼈다.

비올라의 마음을 다시 일깨운다.

설령 그게 나에게 안 좋은 일이더라도, 나는 비올라를 위해 행동하고 싶다.

소중한 친구를 위해 행동할 수 있는 죠로처럼.

"원래대로 되돌리면 될 뿐이야! 내가… 아니, 나와 당신이 죠로와 오오가의 인연을 원래대로 되돌리자! 그럼 당신은 아무런 거리낌 없이 죠로에게 그 마음을 부딪칠 수 있어! 그러니까 부탁이야. … 다시 한번, 다시 한번 힘내 보자!"

"하지만 나는 다른 고등학교고, 할 수 있는 일이라고는…."

"있어! 분명… 아니, 반드시 있어! 애초에 다른 고등학교에 갔다고 해도 그렇게 떨어져 있지 않아! 만나려고 하면 만날 수 있는 거리야!"

방금 전까지와 입장이 역전된 듯이 심약한 태도를 보이는 비올라.

중학교 때 있었던 경험은 그만큼 그녀에게 무거운 짐이 된 거겠지.

그때는 몰랐지만, 지금이라면 그 마음을 잘 알겠다.

왜냐면 우리는 똑같다. 같은 사람을 좋아하고 있으니까.

"……."

비올라는 아무런 대답도 하지 않았다. 하지만 그것이 더없는 증명.

그녀는 아직 죠로를 포기하지 않았다. 다만 스스로에게 '포기해야 한다'고 말하고 있을 뿐. 그리고 그 닫힌 문을 여는 방법은 내가 잘 알고 있다.

"그럼 내가 이쪽 모습으로 죠로에게 고백해 버릴까?"

"비, 비겁해, 팬지! 당신은… 아!"

봐, 걸렸지.

비올라는 독점욕이 강해. 자기가 연인이 될 수 없다고 해도 죠로에게 연인이 생기는 것을 감내할 만한 사람이 아냐.

"비올라, 당신은 사실 포기하지 않았지? 그저 스스로에게 그렇게 말하고 있을 뿐. 만약 정말로 포기했다면 중학교 졸업식 때 '나를 잊지 마'라는 소리는 하지 않아."

"그, 그건….."

"있잖아, 비올라. 죠로를 만나러 가자. 사실은 당신도 만나고 싶잖아?"

"…조금 생각하게 해 줘."

그 말을 끌어낸 것에 나는 불끈 주먹을 움켜쥐었다.

아직 비올라의 마음속 결의는 굳어지지 않았다. 하지만 굳어질 수는 있다.

그럼 앞으로 내가 할 일은 정해졌다.

일그러진 비올라의 마음을 원래대로 되돌린다.

계속 도움만 받아 왔던 내가 이번에야말로 비올라를 돕는다.

그렇게 굳게 결의했다.

❋

3월.

"저, 저기, 팬지. 내 모습, 이상하지 않아?"

"응, 문제없어."

"정말이야? 정말로 이상한 거 아니지?!"

"물론이야."

이 대화는 오늘만 세어도 벌써 몇 번째일까?

봄 방학의 어느 날. 머리 모양과 안경은 평소와 같지만, 평소와 다르게 멋진 흰색 원피스 차림의 비올라와 교복을 입은 나는 역에서 합류했다.

오늘 우리는 죠로를 만나러 간다.

그날부터 나는 몇 번이나 비올라를 설득해서, 간신히 그녀에게 '다시 한 번 죠로를 만날까 해'라는 말을 끌어낼 수 있었다.

그리고 그 말을 철회하기 전에 바로 행동을 시작했다.

시간이 지난 뒤에 '역시 무리'라는 말이 나오면, 내 지금까지의 노력이 물거품으로 돌아가니까. 그건 싫어.

"저기, 팬지. 오늘 죠로는 정말로 니시키즈타 고등학교에 있어?"

"응. 틀림없어."

봄 방학에 학교에 나오는 학생은 적다. 하지만 죠로는 다르다.

그는 작년 10월부터 학생회에 서기로 소속되었으니까.

이유는 새롭게 학생회장에 취임한 아키노 사쿠라 선배.

재색겸비란 바로 그 사람을 위해 있는 듯한 말이겠지.

고등학생답지 않은 외모에 잘 균형 잡힌 몸매, 더불어서 왜 니시키즈타 고등학교에 다니는지 짐작도 안 될 정도로 뛰어난 성적.

그런 멋진 여성을 성욕의 덩어리인 죠로가 놓칠 리가 없다.

입학한 당초부터 호시탐탐 아키노 선배에게 접근할 기회를 엿보았던 모양인지, 지금까지의 거짓된 모습으로 쌓은 신뢰를 이용해 학생회에 서기로 들어가는 것에 성공했다.

그리고 추악한 죠로와는 달리 의욕 넘치는 아키노 선배는 봄 방학에도 1주일에 한 번씩 모여서 우리에게 보다 나은 학교생활을 제공하기 위한 회의를 연다.

"학생회 회의가 있으니까 틀림없이 있어. 그는 학생회장인 아키노 선배에게 빠졌으니까."

"우우우우! 설마 죠로가 히마보다도 흥미를 갖는 여자가 나타나다니!"

사실 아키노 선배의 존재는 나에게도 골칫거리였다.

그녀가 학생회장이 되어 준 덕분에 비올라에게 '엄청난 미인에게 죠로가 접근하고 있다'라고 말해 결의를 재촉하는 결정타가 되긴 했지만, 그만한 미인의 곁에 죠로가 있다는 것은 나로서도 마음이 편치 않다.

혹시 아키노 선배가 죠로에게 연심을 품으면… 그런 불안을 얼마나 품었을까.

"정확하게는 양쪽 모두에게 흥미진진이야. 귀여운 히나타와 예쁜 아키노 선배. 어쩌면 양쪽 다 차지할 수 있지 않을까 생각 하는 게 아닐까?"

"역시나 죠로. 견실한 목적이 아니라 무모한 목적을 품는 쪽으 로는 아무도 따라갈 수 없어."

정말로 맞는 말이야. 덕분에 나도 안심할 수 있는 일면이 있었 지만, 때때로 왜 내가 죠로에게 연심을 품었는지 헷갈릴 것 같은 때가 있어.

"그런데 팬지. 당신은 어떻게 죠로의 사정을 그렇게까지 잘 아 는 거야?"

"매일매일 스토킹의 산물이야."

"역시 당신이 제일가는 경계 대상이네…."

비올라의 날카로운 시선을 나는 가볍게 흘려 넘겼다.

죠로에게 연심을 품은 당초에는 비올라를 두려워했던 나지만, 지금은 다르다.

비올라와 소중한 친구로 있고 싶다. 죠로의 연인으로 있고 싶 다.

그 양쪽의 마음을 강하게 품기로 결의했다.

그러니까 설령 히나타에게도, 아키노 선배에게도, 비올라에게 도, 죠로 관련이라면 양보하지 않는다.

하지만… 혹시 나 이외의 누군가가 죠로의 연인이 된다면 비올라가 좋아….

그런 마음을 가슴속에 숨기고 있다.

"안심해. 나는 죠로에게 더없이 미움받고 있어."

여름 방학 이후로 나는 때때로 죠로와 이야기할 기회가 있었다.

그리고 그때마다 나는 그에게 독을 내뿜었다.

평소의 죠로는 본모습을 숨기니까 노골적인 분노는 보이지 않지만, 나에게 좋은 감정을 품지 않은 것은 표정을 보면 명백. 틀림없이 그는 나를 싫어하고 있다.

하지만 잘못한 건 죠로야.

그날 지역 대회 결승전에서 '다음에 이야기할 때는 다정하게 대해 준다'고 약속했는데, 전혀 나인 줄 몰라주고, 다정하게 대해 주지도 않으니까.

그러니까 나는 선언한 대로 심술을 부렸을 뿐.

화를 돋워서 진짜 그와 이야기하고 싶지만, 사실은 잘 안 돼….

"나는 당신이 죠로와 이야기한다는 것만 해도 안심할 수 없는데?"

"이전에는 죠로와 친하게 지내라고 하지 않았던가?"

"상황이 변한 이상, 의견도 변해. 말해 두겠는데, 안 질 거니까."

"후후…. 나도 동감이야."

서로를 바라보며 미소를 지었다.

나와 비올라, 같은 사람을 좋아하게 된 비슷한 이들.

혹시 우리 중 누군가가 죠로의 연인이 되었다면, 축복의 말을 건네는 일은 없겠지. 하지만 그걸로 우리의 인연이 소멸할 리는 없다.

어떤 일이 있어도 우리는 소중한 친구야.

"하지만 비올라. 오늘 목적을 잊으면 안 돼."

"알고 있어. 죠로와 오오가, 두 사람의 인연을 원래대로 되돌리는 게 최우선이야."

이게 나와 비올라가 오늘 죠로를 만나러 가는 목적.

타이밍 좋게도 수요일은 학생회 회의만이 아니라 야구부 연습도 있다.

아직 일그러진 상태인 죠로와 오오가의 인연.

죠로와 만나서 이야기할 수 있게 된 나지만, 아직 그렇게 깊은 이야기는 하지 못했다. 애초에 그는 나를 싫어하니까, 내가 말한다고 죠로의 신뢰를 얻을 수도 없을 테고.

그러니까 중학교 때 죠로와 우호적인 관계를 쌓았던 비올라의 힘이 필요하다.

하루아침에 원래대로 되돌릴 수 있다고는 생각하지 않지만, 해결의 한 걸음을 내딛기 위해서 드디어 우리는 행동을 시작하기로 했다.

물론 그저 순수하게 죠로를 만나고 싶다는 마음도 있지만.

❄

"저, 저기, 죄송합니다! 그 교복… 니시키즈타 고등학교분이시죠?"

"네, 그런데요…."

비올라와 둘이서 니시키즈타 고등학교로 가는 도중에, 교차로에서 신호가 바뀌는 걸 기다리는데 한 여자아이가 우리에게 말을 걸어왔다.

가슴까지 오는 생머리에 하얀 피부. 둥글둥글하고 성실해 보이는 눈동자.

입은 옷은 어느 고등학교의 교복. 즉 나이는 비슷하다는 소리겠지.

"저기, 니시키즈타 고등학교에 가고 싶은데, 스마트폰의 배터리가 다 떨어져서 위치를 모르게 되어서…. 괜찮으시다면 안내를 좀 해 주시면…."

새빨간 얼굴로 불안한 듯이 말하는 소녀.

그 말에서는 필사적인 느낌이 전해져 왔다.

"괜찮긴 한데, 왜 니시키즈타 고등학교에?"

"아! 저, 저기… 꼭 만나고 싶은 사람이 있어서…."

"그건 대체 누구일까?"

엄청난 속도로 비올라가 물고 늘어졌다.

첫 대면인데도 경어도 쓰지 않고 노골적으로 경계심을 드러냈다.

하지만 그 마음은 모를 것도 아냐. 왜냐면 우리에게 말을 걸어온 소녀는 아주 예뻤다. 가능성은 매우 낮지만, 만에 하나 그녀가 만나고 싶은 남자가….

"오, 오오가 타이요 씨입니다! 저기… 올해 지역 대회 결승전에서 많이 신세져서, 하지만 긴장해서 제대로 고맙다는 말도 못 해서…."

""…….""

예상 밖의 이름이 튀어나와서 나와 비올라는 무심코 서로의 얼굴을 보았다.

"죄, 죄송합니다! 거짓말을 했습니다! 아뇨, 거짓말은 아니지만, 감사의 말은 구실이고… 사실은 그냥 만나고 싶어서…."

방금 전보다도 더 얼굴을 붉히며 사정을 말하는 소녀.

왠지 그 모습은 매우 귀여워서, 바라보는 이쪽이 웃어 버릴 정도였다.

"그래…. 오오가를 만나고 싶구나…."

"아, 안 될…까요? 저기, 안 된다면, 조금 떨어져서 멋대로 따라가는 걸 허락해 주신다면 고맙겠습니다만!"

이미 부탁할 건 우리밖에 없다는 듯한 시선을 보내는 소녀.

어떻게든 니시키즈타 고등학교에 가고 싶은 거겠지.

그 필사적인 모습이 묘하게 귀여워서,

"괜찮아. 비올라도 괜찮지?"

"응, 같이 가자."

우리는 소녀의 부탁을 들어주기로 했다.

"와아아!! 고맙습니다! 정말로 고맙습니다!"

몇 번이나 고개를 숙이는 소녀. 그렇게까지 꾸벅거리지 않아도 되는데.

타이밍 좋게 신호가 바뀌었다. 우리는 셋이서 나란히 걷기 시작했다.

"…아, 그렇지! 저는 보탄 이치카입니다! 소부 고등학교 2학년이고, 야구부 매니저를 맡고 있습니다!"

"코사이지 스미레야. 토쇼부 고등학교 2학년. 잘 부탁해."

간단한 자기소개를 하는 비올라와 보탄. 자연스럽게 두 사람의 시선이 아직도 자기소개를 하지 않았던 내게 모여서,

"나는 산쇼…."

"팬지! 피해!"

지금까지 들어 본 적 없는 난폭하고 잔혹한 소리가 울려 퍼졌다.

❋

"······으읏. 여기는···."

눈을 떠 보니, 거기는 내가 모르는 세계였다.

희미한 갈색 얼룩이 밴 하얀 천장, 조금 딱딱한 침대의 감촉.

왜 내가 이런 장소에 있지? 몸이 무겁다. 몸을 일으켜 보려고 했어도 움직이지 않았다. 평소에는 당연히 할 수 있었던 일을 할 수 없는 스스로에 대한 위화감.

머리도 안개가 낀 것처럼 잘 돌아가지 않았다.

간신히 고개만 움직일 수 있기에 간단히 주위를 확인해 보니, 처음에 보인 것은 양친.

두 분 다 눈물을 흘리면서 나를 바라보고 있었다.

왜 두 분이 울고 있지? 왜 내가 여기에 있지?

나는 비올라랑 같이··· 아니, 비올라와 보탄과 같이 니시키즈타 고등학교로 가고 있었다.

좋아하는 이와 만나기 위해, 좋아하는 이의 인연을 회복시키기 위해.

그걸 위해 니시키즈타 고등학교에 가면서, 셋이서 횡단보도를 건너고···.

'팬지, 뒷일은 잘 부탁해.'

'후훗···. 죠로처럼 할 수 있었어.'

떠오른 것은 의식을 잃기 전에 빨간 원피스 차림의 비올라가 내게 전한 두 개의 말.

하지만 왜 그녀가 내게 그런 말을 전했는지 모르겠다.

왜 비올라는 내게 뒷일을 부탁했지?

당신은 지금부터 나랑 같이 쵸로를 만나러 가는 거였잖아.

왜 비올라의 원피스가 빨간색이 되었지?

그녀가 입었던 건 하얀 원피스야.

서서히 선명해지는 기억.

그래. 나는 비올라와 같이 니시키즈타 고등학교로 향하고 있었다.

그러던 도중에 스마트폰의 배터리가 다 되어서 길을 알 수 없게 된 보탄에게 부탁을 받아서, 그녀까지 셋이서 니시키즈타 고등학교로 가기 위해 횡단보도를 건넜다.

간단한 자기소개를 하는 보탄과 비올라. 그러니까 나도 내 이름을 말하려고 했다.

그랬더니 갑자기 비올라가 내 몸을 힘껏 떠밀었다.

지금까지 폭력적인 말을 한 적은 있지만, 행동에 옮긴 것은 처음.

그 직후 충격이 일었다.

아까까지 바로 옆에 있었을 터인 비올라와 보탄이 없어지고, 나는 혼자뿐.

왜인지 움직이지 않는 몸. 영문을 알 수 없는 채로 고개를 움직이자 거기에는 새빨간 원피스를 입은 비올라가 있고… 아까 그 말을 내게 전했다.

"비올라! 비올라는 어디?! ……으윽!"

깨어난 의식에 따라 몸을 일으키자 둔한 통증이 일었다. 양친이 다급히 내 몸을 눌러서 도로 눕혔다.

기억났다. 기억나 버렸다…. 우리는 사고를 당했어!

횡단보도를 건널 때에, 기세 좋게 달려온 차가 우리 몸에 충돌했다.

사라진 비올라와 보탄. 나도 내 몸이 어떻게 되었는지 모른다.

하지만 아는 것도 있다.

지금 내가 이렇게 무사한 이유는 비올라가 나를 구해 주었기 때문이다.

그녀가 나를 구해 주었으니까 나는 이렇게 여기에 있다.

그럼 비올라는? 보탄은? 그녀들은 어떻게 된 거지?

"스미레코, 진정해. …아직 움직이면 안 돼."

"비올라는?! 비올라는 어디?!"

어머니의 말을 무시하고 전혀 다른 말을 던졌다.

어떻게든 마음을 진정시키려고 했지만 되지 않았다.

호흡만 이상하게 가빠지고, 심장이 터지는 듯한 착각에 빠졌다.

"부탁이니까 얌전히 있어. 진정이 되면 다 말할 테니까…."

이어지는 어머니의 말씀. 내 몸을 꼭 껴안는 어머니의 마음이 전해져 왔는지, 서서히 호흡은 진정되고 나는 다시 의식을 잃듯이 잠에 빠졌다.

졸음운전을 했던 택시.

그게 우리 셋을 덮친 충격의 정체였다.

사고 다음 날. 뉴스에서 본 것은 사고를 일으킨 운전사의 이름과, 세 여고생 중 두 명이 중상이고 한 명이 경상이라는 사실뿐.

TV에 나오는 캐스터는 동정하듯이 지어낸 목소리로 '사망자가 없었던 것이 그나마 다행'이라고 말했다. 그리고 다음 뉴스로.

우리의 사고는 고작 2분 정도로 정리되었다. 우리의 목숨에는 그 정도의 가치밖에 없다고 하는 듯한 기분이라서 나는 TV를 꺼버렸다.

몸의 기능이 회복되고 서서히 마음도 진정된 나는 의사 선생님께 두 중상자의 상황을 들을 수 있었다.

두 사람 다 의식 불명. 특히나 심한 건, …코사이지 스미레.

택시에 치일 때 옆으로 밀쳐진 나와 달리 코사이지 스미레와 보탄 이치카는 택시와 제대로 충돌했다.

보탄 이치카는 차에 치일 때 비올라의 뒤에 있었던 덕분인지,

중상이긴 해도 사흘 뒤에는 의식을 회복했다. 두 달 정도면 퇴원하고 평소의 학교생활로 돌아갈 수 있을 거라는 모양이다.

하지만 코사이지 스미레는 다르다. 아직 의식 불명. 언제 눈을 뜰지도 모른다.

병원 안을 걸었다. 비올라의 병실로 가자, 그렇게 예뻤던 비올라의 몸에는 하얀 천이 많이 감겨 있고 작은 숨소리만이 울렸다.

"왜…. 왜 이렇게 된 거야?"

왜 비올라의 소원은 이뤄지지 않는 거지?

비올라는 그저 죠로를 좋아했을 뿐이야.

비올라는 죠로의 연인이 되고 싶었을 뿐이야.

그럴 뿐인데 왜 이런 꼴을 당해야만 하는 거야?

"당신은 항상 나를 도와주기만 해…."

계속 비올라에게 도움을 받았다.

중학교 1학년 때, 절망 속에 잠겨 있던 나를 구해 준 비올라.

나에게 '팬지'라는 이름을 빌려준 비올라.

이번에야말로 내가 도울 수 있다고 생각했다.

다 갚을 수 없는 은혜가 있지만, 더 큰 은혜를 비올라는 나에게 주었다.

앞으로 나는 어떻게 하면 좋을까?

잠든 비올라. 계속 함께 있고 싶었는데, 앞으로 계속 함께 있을 수 있다고 생각했는데, 나는 그녀와 함께 있을 수 없어졌다.

"이대로는 갚을 수 없어…."

잠든 비올라의 손을 붙잡고 나는 그렇게 말했다.

'팬지'.

비올라가 죠로와 연인이 될 때까지 내게 빌려준 또 하나의 이름.

그녀는 꿈을 꾸고 있겠지. 언젠가 자기가 '팬지'가 돼서 죠로와 연인이 되는 나날을. 하지만 그건 이제 이뤄지지 않는다.

…정말로 그럴까?

내 안의 '팬지'가 그렇게 말했다.

비올라는 마지막에 내게 말해 주었다.

'팬지, 뒷일은 잘 부탁해.'

그녀는 '팬지'에게 미래를 맡겼다.

그럼 그 '팬지'는 누구? 이 이름은 내 것이 아냐. 코사이지 스미레의 것이다.

죠로가 코사이지 스미레를 위해 생각해 준 이름. 나는 그것을 빌렸을 뿐.

그렇다면….

"조금만 더 빌리도록 할게."

비올라의 손을 꼭 붙잡았다. 내 마음이 잠든 그녀에게 닿도록.

아직 코사이지 스미레의 마음은 사라지지 않았다. 아직 코사이지 스미레의 마음은 닿을 수 있다.

'팬지'가 있으니까. …나에게는 아직 은혜를 갚을 방법이 있어.

언젠가, 언젠가 비올라가 눈을 떴을 때, 그녀가 가장 바라는 것을 준비하자.

그녀가 계속 좋아했던 사람.

그 사람이 눈을 뜬 '팬지'를 연인으로 맞아들이는 거야.

분명 그건 간단하지 않아. 아주, 아주 어려운 이야기.

하지만 그래도 하자. 반드시 해내자.

나도 비올라처럼, 죠로처럼, 누군가를 위한 힘이 되고 싶다.

그걸 위해서라면 내 마음 따윈 이뤄지지 않아도 좋아.

좋아하는 사람들의 미소. 내가 원하는 것은 그것뿐이니까….

계속 이뤄지지 않았던 비올라의 소원. 그것을 내가 이뤄 주자.

"내가 팬지야."

나만의 친구

에 필 로 그

12월 29일.

"…추워."

고등학교 2학년 겨울 방학. 나―산쇼쿠인 스미레코는 혼자 **어느 장소**에 있었다.

크리스마스이브부터 매일 나는 여기에 와서, 아무것도 하지 않고 보냈다.

가슴에 넘쳐나는 것은 충실감과 달성감. 겨우 내 목적을 달성할 수 있었으니까.

죠로는 '팬지'의 연인이 되었다. 진짜 '팬지'가 돌아왔다.

이걸로 내 역할은 끝.

계속 빌렸던 '팬지'를 그녀에게 돌려주고, 그녀가 죠로의 연인이 되어 앞으로 함께 보낸다.

분명 처음에는 죠로도 당혹스러워 하겠지.

하지만 걱정은 필요 없어. 2학년이 된 뒤로 죠로와 계속 함께 있었던 것은 '팬지'니까.

그게 잘 전해지면 죠로는 '팬지'를 받아들인다.

"정말 많이 힘들었어…."

계속 눈을 뜨지 않는 그녀를 기다리기를 반년 이상.

그녀의 의식이 돌아왔을 때는 지금도 잘 기억한다. 계속 잠들어 있었으니까 내가 몸을 껴안아도 전혀 힘이 없어서 그저 등에 손을 댈 뿐.

그 뒤로 지금 상태까지 회복되는 데에도 시간이 걸렸지만, 간신히 크리스마스이브에 맞출 수 있었다.

니시키즈타 고등학교 도서실의 모두에게도, 수학여행 때에 '혹시 죠로가 팬지를 택하면 협력해 주었으면 하는 게 있어'라고 부탁했다.

다들 어딘가 복잡한 표정을 했지만, 내가 사정을 말하자 승낙해 주었다.

다만 히이라기만큼은 '그런 거 싫어! 팬지, 잘못됐어!'라며 좀처럼 고개를 끄덕이지 않는 바람에 고생했어. 하지만 그런 히이라기도 마지막에는 츠바키의 설득에 떨떠름하게 협력해 주게 되었다.

유일하게 부탁할 수 없었던 것은 탄포포.

1학년인데 수학여행에 따라와서 마음껏 놀았던 그녀는 내가 그 이야기를 할 때에는 '우휴휴흥~…'이라는 귀여운 숨소리를 내며 잠들어 있었다.

그러니까 그녀만큼은 아무것도 모른다.

나중에 말할 수도 있었지만, 나는 왜인지 그럴 수 없었다.

"정말로 니시키즈타 고등학교에 다녀서 다행이야…."

나는 거기서 멋진 친구들을 만날 수 있었다.

그리고 그녀들과의 관계는 앞으로도 계속 이어진다. …그러니까 충분히 만족해.

고마워, 죠로⋯. 우리의 인연을 지켜 주어서.

또 도움을 받았네.

지금쯤 당신은 어쩌고 있을까?

이미 '팬지'와 연인이 되었어? 아니면 아직 상황을 받아들일 수 없어서 평소처럼 난폭한 말로 불평을 하고 있을까?

폐를 많이 끼쳐서 미안해.

하지만 이게 마지막이니까.

더 이상 당신에게 폐를 끼치지 않을 거니까, 마지막 응석을 들어줘.

내 시간은 이제 끝. 앞으로는 진짜 '팬지'의 시간.

그러니까⋯.

"누구~게~?"

눈앞이 시커멓게 되었다. 뒤에서 숨어든 누군가가 내 눈을 두 손으로 가렸기 때문이다.

최대한 냉정하게 있자고 스스로에게 말했지만, 꽤 어렵다.

아니, 그렇잖아? 그 목소리는 두 번 다시 들을 수 없다고 생각했던 목소리니까.

"누구~게~?"

또다시 목소리가 들렸다. 나는 대답하지 않았다.

"스미밍. 누구~게~?"

가슴이 떨렸다.

'스미밍'… 나를 그렇게 부르는 사람은 단 한 명밖에 없다.

나의, 나만의 친구가, 나를 그렇게 부른다.

"어, 어떻게 당신이 여기 있는 거야?"

눈이 가려진 채로 나는 물었다.

"태어나서 처음 생긴 소중한 친구가 곤경에 빠졌으니 가만히 놔둘 수 없습니다."

그래. 나는 당신에게 **태어나서 처음** 생긴 친구.

짧은 시간이었지만, 아주 커다란 인연으로 맺어진 친구.

"그런 건 이유가 못 돼. 당신은…."

"걱정이 되었으니까. 편지로 부탁은 했지만, 역시 아무래도 걱정이 돼서, 역시 어떻게든 돕고 싶어서, 조금이라도 좋으니까 만나고 싶다고 빌었더니, 산타 할아버지가 크리스마스 선물로 내게 시간을 주었습니다. …잘됐네."

"이미 크리스마스가 끝나고 시간이 꽤 지났는데?"

"쪼잔한 소리는 하는 게 아닙니다. …니힛."

장난스러운 웃음소리.

정말로 신이 있다면 나는 진심으로 감사하고 싶다.

두 번 다시 만날 수 없다고 생각했던, 사라졌던 친구와 이렇게 또 만날 수 있는 기적을.

"그렇다면 나보다 만나야 할 사람이 있지 않아?"

"일이 복잡해지니까 참았습니다. 그런 점은 스미밍하고 닮았을지도."

"나는 딱히 참지 않아."

"여전히 스미밍은 고집쟁이라니까. …누구~게~?"

슬슬 답을 말하라는 듯이 손에 힘이 들어갔다.

어쩔 수 없으니까 요구에 응해 주자.

"오랜만. …이치카."

"뿌뿌~ 오답입니다."

기분 좋은 목소리와 함께 해방되는 눈.

다시 돌아온 시야에는 장난스러운 미소를 띤 사이드 테일의 소녀가 있었다.

"정답은 아네모네였습니다."

"그랬지, 깜빡하고 있었어."

올해 여름 방학, 그녀는 그녀만의 이름을 얻었다.

그게 '아네모네'. 그녀가 좋아하는 사람이 그녀에게 준 이름이다.

"오랜만. …아네모네."

"오랜만이야. …스미밍."

봄 방학에 다니던 병원에서 나는 그녀와 만났다.

그날 교통사고의 두 중상자… 코사이지 스미레와 보탄 이치카.

한 명은 긴 잠에 빠졌지만, 다른 한 명… 보탄 이치카는 사흘 뒤에 의식을 되찾았다.

하지만 그 대가일까, 보탄 이치카는 잃어버린 게 있었다.

기억. 지금까지 경험해 온 것을 모두 잊고, 그녀는 다른 인간이 되어 있었다.

이치카의 가족은 어떻게든 기억을 되돌리려고 분투했지만, 기억은 돌아오지 않았다.

어느 날을 경계로 어머니가, 어느 날을 경계로 아버지가 오지 않게 되고, 최종적으로 그녀의 오빠만이 문병을 오게 되었다.

가족이 간 뒤에 아네모네는 항상 혼자 울고 있었다.

나는 필요 없는 존재라고. 나는 잘못된 존재라고.

몇 번이나 그녀의 입에서 새어 나온 말.

그런 그녀를 내버려 둘 수 없어서, 나는 그녀에게 말을 걸고 친구가 되었다.

인생에서 처음으로 내가 나서서 말을 걸고 친구가 된 소녀. 그게 아네모네.

고등학교 1학년 때의 봄 방학, 나는 병원에서 아네모네와 지냈다.

성격은 전혀 다르지만, 신기하게도 마음이 맞는… 나의 두 번째 친구.

"어떻게 내가 여기 있는지 알았어?"

"마지막에 만났을 때 스미밍이 가르쳐 줬잖아. '여기서 나는 내가 될 수 있었다'라고. 그러니까 시험 삼아 와 봤더니 멋지게 발견할 수 있었습니다. 브이."

"…그랬지."

귀여운 V 사인. 그 독특한 모습이 그녀가 그녀라고 말하는 듯해서, 자연스럽게 가슴 안에서 기쁨이 넘쳐났다.

우리 관계를 아는 사람은 적다. 죠로나 니시키즈타 고등학교의 도서실 멤버들은 물론이고, '팬지'조차도 모른다. 하지만 딱 한 명 아는 사람이 있다.

"아네모네. 당신, 내 사정을 썬에게 전했지?"

2학기가 되어서 썬에게 아네모네 이야기를 들었을 때는 정말로 놀랐다.

그가 전해준 말은 '나는 행복하게 살았습니다. 당신도 당신을 위해 살아 주세요'.

썬이 그 말의 의미를 물었을 때, 숨기는 편이 나중에 문제가 되리라고 판단한 나는 그에게 내가 하려는 일을 전했다.

처음에는 물론 그도 반대했다. 하지만 필사적으로 설득해서 썬에게서 '협력은 하지 않겠지만, 사정은 입 다물고 있어 주지'

라는 말을 끌어냈을 때에는 정말로 안심했다.

하지만 그런다고 마음을 놔도 되는 상대는 아니다.

썬은 틀림없이 죠로를 위해 뭔가 행동을 한다.

내 계획에 구멍이 하나 뚫린 순간이었다.

"혹시 문제가 됐어?"

"그래. 정말로."

"그거 실례했습니다. …니힛."

전혀 반성하지 않는 미소. 오히려 내가 화내는 얼굴을 보고 즐기고 있다.

"왜 그런 짓을 했어?"

"스미밍. 자기 마음에 솔직해시지 않으면 안 됩니다."

"나는 솔직해. 내 행동에 전혀 후회하지 않아."

그날의 결의대로 나는 가짜 '팬지'가 돼서 죠로를 대해 그의 연인이 되었다.

그리고 그 자리를 예정대로 진짜 '팬지'에게 넘기는 것에 성공했다.

모든 것이 내 계획대로. 이상적인 해피 엔딩이다.

"흐~응. 그럼 질문해도 돼?"

"마음대로."

아네모네가 꽤나 즐거운 듯한 표정으로 내 얼굴을 바라보았다.

"왜 이런 장소에 있어?"

"혹시 죠로가 날 찾으러 다닐 경우, 들키지 않는 장소에 숨어야만 하잖아? 그러니까 여기에 있어."

"그렇군, 그렇군. 아주 머리가 좋아. 역시 스미밍은 재미있어."

"놀리는 거야?"

전혀 칭찬이란 느낌이 들지 않아서, 다소 날카로운 시선으로 아네모네를 노려보았다. 효과는 없다.

"그럼 다음 질문."

그렇게 말하며 아네모네는 방금 전에 내 눈을 가리고 있던 손을 펼쳐 이쪽으로 향했다.

"왜 내 손은 이렇게 젖어 있어?"

"…이상한 일도 다 있네."

"니힛. 갑자기 머리가 나빠졌네. 역시 스미밍은 재미있어."

"내, 내버려 둬…."

팔로 눈을 닦았다. 불필요한 것을 닦아 내기 위해서.

"있잖아, 스미밍."

"왜?"

모든 것을 다 꿰뚫어 보듯이, 부드러운 목소리와 함께 따뜻한 감촉이 나를 감쌌다.

아네모네가 나를 껴안았기 때문이다.

"들키지 않도록 여기에 숨은 거라면…."

그만, 그 이상 말하지 마. 그 이상의 말을 들으면 다시 나올 거야.

이제 그건 사라졌어. 나는 포기했어.

"들켰으면 솔직해져야 해."

넘쳐나지 않도록, 나는 아네모네의 가슴에 얼굴을 비볐다.

안 돼. 말하면 안 돼.

'팬지'의 소원을 이룰 수 있었으니까 나는 그걸로….

"…쓸쓸해. …혼자 있고 싶지 않아. 왜 이렇게 된 거야? 왜 내 소원은 이뤄지지 않아? 그저 소중한 이와 함께 있고 싶을 뿐인데, 왜 그게 안 돼? 왜 나는 혼자가 되는 거야?"

견딜 수 없었다. 한번 넘쳐난 말은 계속해서 넘쳐났다.

"그건 스미밍이 공주님이기 때문 아닐까? 니힛."

"공주님?"

"그래. 혼자서는 아무것도 할 수 없는 공주님. 할 수 있는 거라고는 딱 하나."

"내가 뭘 할 수 있어?"

"그건 뻔하잖아."

아네모네가 내 몸을 놓고 가만히 눈동자를 바라보았다.

그리고 어딘가 달관한 듯이 자상한 미소를 보이더니,

"왕자님의 도움을 받는 것이야."

내게 그렇게 전했다.

"……! 하, 하지만, 그건…."

"어라? 어라라라?"

그때 아네모네가 뭔가 깨달은 듯이 시선을 돌렸다.

바라본 곳은 내 가방 안.

그 시선을 따라서 나도 확인하자, 스마트폰이 작게 깜빡거리고 있었다.

"……."

"울가바쵸."

독특한 소리와 함께 아네모네가 내 가방에서 스마트폰을 꺼냈다.

내게 화면이 보이게 내밀었다.

거기 표시된 것은 한 소년의 이름. 전화를 걸어오고 있었다.

"안 받아?"

"안 받아."

스마트폰의 진동이 멎을 때까지 나는 계속 기다렸다.

진동이 멎은 뒤, 화면에 표시된 것은 메시지의 통지.

그가 녹음 서비스에 뭔가 말을 남긴 것이다.

"렛츠 체크."

아네모네가 내게 스마트폰을 넘겼다.

"……."

사실은 들어선 안 된다. 하지만 들으려는 나 자신을 멈출 수 없다.

대체 무슨 메시지가 들어 있을까?

혹시 여기에 거절의 말이 들어 있으면….

「하기로 마음먹었으면 한다. 그게 내 모토야.」

「반드시 너를 찾아내겠어.」

내 두 눈에서는 다시 한번 필요 없는 것이 넘쳐났다.

15권 끝

◆작가 후기◆

지난 권에서도 비슷한 소리(아니, 똑같은 소리)를 잔뜩 말했습니다만, 이번 권에서도 말하도록 하겠습니다. 라스트 스퍼트입니다.

올해는 코로나의 영향으로 스테이 홈이 되고, 일이 좀 줄어드나 싶었습니다만, 냉정하게 생각해 보면 나는 4년 전부터 스테이 홈이었다.

15권… 아니, 설마 이렇게까지 권수가 늘어나게 되다니….

이번 이야기의 주축인 '비올라' 겸 '팬지'. 회의에서도 '이 팬지는 어느 쪽인가?!'라는 일이 종종 발생했습니다.

그때 무심코 고민한 저는 '저쪽의 팬지입니다'라고 말한 것 같은데, 실수였습니다. '그쪽의 팬지입니다'라고 대답해야 했다고 맹반성합니다.

데뷔하고 이제 곧 5년. 어느 틈에 동기 작가의 작품을 볼 기회가 줄어들고, 이 업계의 무서움이 절실하게 전해집니다. 하지만 아직 마음은 신인이니까, 새로운 일에 많이 도전하고 공부하고 싶다고 생각합니다.

내년에는 『나를 좋아하는~』 이외의 신작도 냈으면 좋겠다고 생각하면서, 그쪽에만 매달려서 이쪽을 잊지 않도록 주의하고 싶다고.

실은 올해(2020년)에 신작을 한 권 제출했습니다만, 성대하게 퇴짜를 맞았습니다.

꽤나 코미디에 힘을 실은 청춘 천사 러브 코미디였습니다만, 편집자에게서 '당신, 안전무난한 쪽으로 썼네요?'라는 말을 들었습니다.

정답입니다. 안전무난한 쪽으로 썼습니다. 스스로 보기엔 영 그렇지만, 편집자는 그렇게 판단하지 않을지도 모른다! 그런 희망에 매달렸던 시절이 제게도 있었습니다. 그럴 리 없어.

다음 신간에서는 편집자도 스스로도 납득할 수 있는 재미있는 작품을 써 내겠습니다!

그럼 감사 인사를.

15권을 구입해 주신 독자 여러분, 지금까지 『나를 좋아하는~』을 읽어 주셔서 정말로 감사합니다. 다음이 드디어 최종권입니다. 죠로의 이야기의 끝을 부디 지켜봐 주셨으면 합니다.

브리키 님, 멋진 일러스트, 감사합니다. 다음은 짝수 권이니까, 이번에야말로 반드시 그것을 하겠습니다. 하지 않을 수 없다.

담당 편집자 여러분, 항상 귀중한 시간을 할애해 주셔서 감사합니다. 화상 회의는 병기입니다만, 카메라가 있으면 왠지 하기 힘들어집니다. 내 얼굴이 화면에 비치는 것이 너무나도 싫습니다.

라쿠다

나를 좋아하는 건 너뿐이냐 [15]

2023년 4월 10일 초판 발행

저자 라쿠다 | **일러스트** 브리키 | **옮긴이** 한신남
발행인 정동훈 | **편집인** 여영아
편집 팀장 황정아 | **편집** 노혜림
발행처 (주)학산문화사 | 서울특별시 동작구 상도로 282 학산빌딩
편집부 02.828.8838(전화), 02.816.6471(팩스) | **영업부** 02.828.8986(전화), 02.828.8890(팩스)
홈페이지 www.haksanpub.co.kr | **등록** 1995년 7월 1일 | **등록번호** 제3-632호

ISBN 979-11-411-0040-7 04830
ISBN 979-11-256-9864-7 (세트)

값 7,000원

늑대와 향신료의 새로운 이야기

늑대와 양피지 6

하세쿠라 이스나 지음 | 아야쿠라 쥬우 일러스트

둘만의 기사단, 그 첫 임무는…
죽은 자의 나라에서 온 유령선?!

파멸로 향하던 성 크루자 기사단을 궁지에서 구해 준 콜과 뮤리. 기사인 그들의 삶의 방식에서 인연의 답을 찾아낸 콜과 뮤리는 둘만의 기사단을 결성한다. 동경하던 기사라는 직함에 푹 빠진 뮤리였지만, 콜에게 예전처럼 어리광을 피울 수 없게 되어 고민에 빠진다. 그때 하이랜드가 보리 대산지 라포넬로 조사를 다녀와 달라고 의뢰한다. 현랑의 딸 뮤리는 보리 산지라는 말에 의욕을 보인다. 하지만 그 땅의 전 영주 노드스톤이 악마와 거래했다는 흉흉한 소문이 돌고 있었다. 그리고 왕국과 교회의 분쟁을 해결할 가능성이 숨겨져 있는 신대륙 발견을 도와 달라는 부탁을, '여명의 추기경' 콜이 받게 되는데…?!

(주)학산문화사 발행

라스트 엠브리오 8

타츠노코 타로 지음 | **모모코** 일러스트

〈문제아 시리즈〉 완결 이후
언급되지 않았던 3년,
그 추상과 시동을 말하는 제8권!!

제2차 태양주권전쟁 제1회전이 열린 아틀란티스 대륙에서 격투를 뛰어넘은 '문제아들'. 세 명이 모인 평온한 시간은 실로 3년만…. 그동안 각자 보낸 파란의 나날. '호법십이천'에 들어온 의뢰에서 시작된 이자요이 일행과 화교와의 싸움. '노 네임'의 두령이 된 요우가 한 달 이상 행방불명된 사건. '노 네임'에서 독립한 아스카가 '계층지배자'로 임명되는데…?! 서로 마음을 열고 잠시 휴식을 취한 후, 모형정원 바깥세계를 무대로 한 제2회전이 막을 연다!

(주)학산문화사 발행

밀리언 크라운 5

타츠노코 타로 지음 | 코게차 일러스트

타츠노코 타로가 선사하는
인류 재연(再演)의 이야기, 격진의 제5막!

큐슈에서의 사투를 마치고 왕관종 중 하나인 오오야마츠미노카미를 토벌하는 데 성공한 극동도시국가연합 일행들. 전후 처리를 마친 시노노메 카즈마는 '나츠키와의 데이트 약속'으로 고민하며 휴가를 쓰지만, 쉬기는커녕 연달아 예정이 생기는데?! 귀국한 적복 필두 와다 타츠지로, '최강의 유체조작형'이라 불리기도 하는 왕년의 인류최강전력(밀리언 크라운)과의 대련이 시작되고, 중화대륙연방, EU연합의 갑작스러운 방문과 시대를 뒤흔들 '신형병기' 공개, 그리고 그 끝에서 기다리는 긴장되는 데이트에서…! 여러 가지 이야기가 교차되는 가운데 파란만장한 휴가의 막이 오른다!

(주)학산문화사 발행

이데올로그! 7

시이다 주조 지음 | 유우키 하구레 일러스트

리얼충 폭발 안티 러브 코미디,
최종권!

"료케 양이 학생회장 선거에 출마해 줬으면 해요.""나는 그렇게 사람들 앞에 나서서 이야기하는 건…." 학생회장 미야마에의 추천으로 내키지는 않았지만 차기 학생회장 선거에 입후보한 료케. 미야마에의 후원 덕분에 당선이 거의 확실해 보였지만…. "놀랐어요. 당신이… 입후보할 줄이야." 학생회 내부에 숨어 있던 복병, 서무 사지카와의 여러 방해 공작 때문에 선거전은 파란의 양상을 보인다. 이런 혼란 속에서 대성욕찬회의 과격파가 타카사고를 납치하는데…?!

(주)학산문화사 발행